莎士比亚全集·中文本（典藏版）
William Shakespeare: Complete Works

［英］威廉·莎士比亚（William Shakespeare）

辜正坤 主编／牛云平 译

错 误 的 喜 剧

The Comedy of Errors

外语教学与研究出版社
北京

京权图字：01-2016-4995

图书在版编目 (CIP) 数据

错误的喜剧 /（英）威廉·莎士比亚（William Shakespeare）著；牛云平译.
北京：外语教学与研究出版社，2024.6. --（莎士比亚全集 / 辜正坤主编）.
ISBN 978-7-5213-5323-5

I. I561.33
中国国家版本馆 CIP 数据核字第 2024HZ9326 号

错误的喜剧
CUOWU DE XIJU

出 版 人	王 芳
项目负责	邢印姝 郭芮萱
责任编辑	周渝毅
责任校对	都楠楠
封面设计	张 潇
出版发行	外语教学与研究出版社
社 址	北京市西三环北路 19 号（100089）
网 址	https://www.fltrp.com
印 刷	三河市北燕印装有限公司
开 本	710×1000 1/16
印 张	7.5
字 数	120 千字
版 次	2024 年 6 月第 1 版
印 次	2024 年 6 月第 1 次印刷
书 号	ISBN 978-7-5213-5323-5
定 价	48.00 元

如有图书采购需求，图书内容或印刷装订等问题，侵权、盗版书籍等线索，请拨打以下电话或关注官方服务号：
客服电话：400 898 7008
官方服务号：微信搜索并关注公众号"外研社官方服务号"
外研社购书网址：https://fltrp.tmall.com

物料号：353230001

出版说明

　　1623 年，莎士比亚的演员同僚们倾注心血结集出版了历史上第一部《莎士比亚全集》——著名的第一对开本，这是三百多年来许多导演和演员最为钟爱的莎士比亚文本。2007 年，由英国皇家莎士比亚剧团（Royal Shakespeare Company）推出的《莎士比亚全集》，则是对第一对开本首次全面的修订。

　　本套《莎士比亚全集》新汉译本，正是依据当今莎学界最负声望的皇家版《莎士比亚全集》翻译而成。译本的凡例说明如下：

　　一、**文体**：剧文有诗体和散体之分。未及最右行末即转行的为诗体。文字连排、直至最右行末转行的，则为散体。

　　二、**舞台提示**：

　　1）角色的上场与下场及其他舞台提示以仿宋体排出，穿插于剧文中的舞台提示以圆括号进行标注，如：（对亨利王子）。

　　2）舞台提示中的特殊符号。译本所依据的皇家版《莎士比亚全集》的编辑者对舞台提示中的不确定情形以特殊符号予以标注，译本亦保留了这些符号：如（旁白？）表示某行剧文既可作为旁白，亦可当作对话；又如某个舞台活动置于箭头 ↓↓ 之间，表示它可发生在一场戏中的多个不同时刻。

　　三、**脚注**：脚注中除标注有"译者附注"字样的，均译自或改编自皇家版《莎士比亚全集》注释。脚注多为对剧文中背景知识及专名的解释，以使读者更好地理解剧情；亦包含部分与英文原文相关的脚注，以使读者在品味译者的佳文时，亦体验到英文原文的精妙。

四、文本: 译本以第一对开本为蓝本,部分剧目中四开本与之明显相异的段落亦有译出,附于正文之后,供读者参考。

此《莎士比亚全集》新汉译本历经策划、翻译、编辑加工和印装等工序,各个环节的参与者均竭尽全力,力求完美,但由于水平、精力所限,难免有所错漏,敬请广大读者赐教指正。

外语教学与研究出版社

综合出版事业部

莎士比亚诗体重译集序

辜正坤

他非一代骚人，实属万古千秋。

这是英国大作家本·琼森（Ben Jonson）在第一部《莎士比亚全集》（*Mr. William Shakespeares Comedies, Histories, & Tragedies*, 1623）扉页上题诗中的诗行。三百多年来，莎士比亚在全球逐步成为一个家喻户晓的名字，似乎与这句预言在在呼应。但这并非偶然言中，有许多因素可以解释莎士比亚这一巨大的文化现象产生的必然性。最关键的，至少有下面几点。

首先，其作品内容具有惊人的多样性。世界上很难有第二个作家像莎士比亚这样能够驾驭如此广阔的题材。他的作品内容几乎无所不包，称得上英国社会的百科全书。帝王将相、走卒凡夫、才子佳人、恶棍屠夫……一切社会阶层都展现于他的笔底。从海上到陆地，从宫廷到民间，从国际到国内，从灵界到凡尘……笔锋所指，无处不至。悲剧、喜剧、历史剧、传奇剧，叙事诗、抒情诗……都成为他显示天才的文学样式。从哲理的韵味到浪漫的爱情，从盘根错节的叙述到一唱三叹的诗思，波涛汹涌的情怀，妙夺天工的笔触，凡开卷展读者，无不为之拊掌称绝。即使只从莎士比亚使用过的海量英语词汇来看，也令人产生仰之弥高的感觉。德国语言学家马克斯·缪勒（Max Müller）原以为莎士比亚使用过的词汇最多为 15,000 个，事后证明这当然是小看了语言大师的词汇储藏量。美国教授爱德华·霍尔登（Edward Holden）经过一番考察后，认为至少达 24,000 个。可是他哪里知道，这依然是一种低估。有学者甚至声称用电脑检索出莎士比亚用的词汇多达 43,566 个！当然，这些数据还不是莎士比亚作品之所以产生空前影响的关键因素。

其次，但也许是更重要的原因：他的作品具有极高的娱乐性。文学作品的生命力在于它能寓教于乐。莎士比亚的作品不是枯燥的说教，而是能够给予读者或观众极大艺术享受的娱乐性创造物，往往具有明显的煽情效果，有意刺激人的欲望。这种艺术取向当然不是纯粹为了娱乐而娱乐，掩藏在背后的是当时西方人强有力的人本主义精神，即用以人为本的价值观来对抗欧洲上千年来以神为本的宗教价值观。重欲望、重娱乐的人本主义倾向明显对重神灵、重禁欲的神本主义产生了极大的挑战。当然，莎士比亚的人本主义与中国古人所主张的人本主义有很大的区别。要而言之，前者在相当大的程度上肯定了人的本能欲望或原始欲望的正当性，而后者则主要强调以人的仁爱为本规范人类社会秩序的高尚的道德要求。二者都具有娱乐效果，但前者具有纵欲性或开放性娱乐效果，后者则具有节欲性或适度自律性娱乐效果。换句话说，对于 16、17 世纪的西方人来说，莎士比亚的作品暗中契合了试图挣脱过分禁欲的宗教教义的约束而走向个性解放的千百万西方人的娱乐追求，因此，它会取得巨大成功是势所必然的。

第三，时势造英雄。人类其实从来不缺善于煽情的作手或视野宏阔的巨匠，缺的常常是时势和机遇。莎士比亚的时代恰恰是英国文艺复兴思潮达到鼎盛的时代。禁欲千年之久的欧洲社会如堤坝围裹的宏湖，表面上浪静风平，其底层却汹涌着决堤的纵欲性暗流。一旦湖堤洞开，飞涛大浪呼卷而下，浩浩汤汤，汇作长河，而莎士比亚恰好是河面上乘势而起的弄潮儿，其迎合西方人情趣的精湛表演，遂赢得两岸雷鸣般的喝彩声。时势不光涵盖社会发展的总趋势，也牵连着别的因素。比如说，文学或文化理论界、政治意识形态对莎士比亚作品理解、阐释的多样性与莎士比亚作品本身内容的多样性产生相辅相成的效果。"说不尽的莎士比亚"成了西方学术界的口头禅。西方的每一种意识形态理论,尤其是文学理论,要想获得有效性,都势必会将阐释莎士比亚的作品作为试金石。17世纪初的人文主义,18世纪的启蒙主义,19世纪的浪漫主义,20世纪的现实主义或批判现实主义,都不同程度地、选择性地把莎士比亚作品作为阐释其理论特点的例证。也许17世纪的古典主义曾经阻遏过西方人对莎士比亚作品的过度热情,但是19世纪的浪漫主义流派却把莎士比亚作品推崇到无以复加的崇高地位,莎士比亚俨然成了西方文学的神灵。20世纪以来,西方资本主义阵营和社会主义阵营可以说在意识形态的各个方面都互相对立,势同水火,可是在对待莎士比亚的问题上,居然有着惊人的共识与默契。不用说,社会主义阵营的立场与社会主义理论的创始人马克思(Karl Marx)、恩格斯(Friedrich Engels)个人的审美情趣息息相关。马克思一家都是莎士比亚的粉丝;马克思称莎士比亚为"人类最伟大的天才之一,人类文学奥林波斯山上的宙斯"!他号召作家们要更加莎士比亚化。恩格斯甚至指出:"单是《快乐的温莎巧妇》[1]的第一幕就比全部德国文学包含着更多的生活气息。"不用说,这些话多多少少有某种程度的文学性夸张,但对莎士比亚的崇高地位来说,却无疑产生了极大的推动作用。

第四,1623年版《莎士比亚全集》奠定莎士比亚崇拜传统。这个版本即眼前译本所依据的皇家版《莎士比亚全集》(*The RSC William Shakespeare: Complete Works*, 2007)的主要内容。该版本产生于莎士比亚去世的第七年。莎士比亚的舞台同仁赫明奇(John Heminge)和康德尔(Henry Condell)整理出版了第一部莎士比亚戏剧集。当时的大学者、大

---

1 英文剧名为 The Merry Wives of Windsor,朱生豪先生译作《温莎的风流娘儿们》;重译本综合考虑剧情和英文书名,译作《快乐的温莎巧妇》。

作家本·琼森为之题诗，诗中写道："他非一代骚人，实属万古千秋。"这个调子奠定了莎士比亚偶像崇拜的传统。而这个传统一旦形成，后人就难以反抗。英国文学中的莎士比亚偶像崇拜传统已经形成了一种自我完善、自我调整、自我更新的机制。至少近两百年来，莎士比亚的文学成就已被宣传成世界文学的顶峰。

第五，现在署名"莎士比亚"的作品很可能不只是莎士比亚一个人的成果，而是凝聚了当时英国若干戏剧创作精英的团体努力。众多大作家的智慧浓缩在以"莎士比亚"为代号的作品集中，其成就的伟大性自然就获得了解释。当然，这最后一点只是莎士比亚研究界若干学者的研究性推测，远非定论。有的莎士比亚著作爱好者害怕一旦证明莎士比亚不是署名为"莎士比亚"的著作的作者，莎士比亚的著作便失去了价值，这完全是杞人忧天。道理很简单，人们即使证明了《红楼梦》的作者不是曹雪芹，或《三国演义》的作者不是罗贯中，也丝毫不影响这些作品的伟大价值。同理，人们即使证明了《莎士比亚全集》不是莎士比亚一个人创作的，也丝毫不会影响《莎士比亚全集》是世界文学中的伟大作品这个事实，反倒会更有力地证明这个事实，因为集体的智慧远胜于个人。

皇家版《莎士比亚全集》译本翻译总思路

横亘于前的这套新译本，是依据当今莎学界最负声望的皇家版《莎士比亚全集》进行翻译的，而皇家版又正是以本·琼森题过诗的 1623 年版《莎士比亚全集》为主要依据。

这套译本是在考察了中国现有的各种译本后，根据新的历史条件和新的翻译目的打造出来的。其总的翻译思路是本套译本主编会同外语教学与研究出版社的相关领导和责任编辑讨论的结果。总起来说，皇家版《莎士比亚全集》译本在翻译思路上主要遵循了以下几条：

1. 版本依据。如上所述，本版汉译本译文以英国皇家版《莎士比亚全集》为基本依据。但在翻译过程中，译者亦酌情参阅了其他版本，以增进对原作的理解。

2. 翻译内容包括：内页所含全部文字。例如作品介绍与评论、正文、注释等。

3. 注释处理问题。对于注释的处理：1）翻译时，如果正文译文已经将英文版某注释的基本含义较准确地表达出来了，则该注释即可取消；2）如果正文译文只是部分地将英文版对应注释的基本含义表达出来，则该注释可以视情况部分或全部保留；3）如果注释本身存疑，可以在保留原注的情况下，加入译者的新注。但是所加内容务必有理有据。

4. 翻译风格问题。对于风格的处理：1）在整体风格上，译文应该尽量逼肖原作整体风格，包括以诗体译诗体，以散体译散体；2）在具体的文字传输处理上，通常应该注重汉译本身的文字魅力，增强汉译本的可读性。不宜太白话，不宜太文言；文白用语，宜尽量自然得体。句子不要太绕，注意汉语自身表达的句法结构，尤其是其逻辑表达方式。意义的异化性不等于文字形式本身的异化性，因此要注意用汉语的归化性来传输、保留原作含义的异化性。朱生豪先生的译本语言流畅、可读性强，但可惜不是诗体，有违原作形式。当下译本是要在承传朱先生译本优点的基础上，根据新时代的读者审美趣味，取得新的进展。梁实秋先生等的译本，在达意的准确性上，比朱译有所进步，也是我们应该吸纳的优点。但是梁译文采不足，则须注意避其短。方平先生等的译本，也把莎士比亚翻译往前推进了一步，在进行大规模诗体翻译方面作出了宝贵的尝试，但是离真正的诗体尚有距离。此外，前此的所有译本对于莎士比亚原作的色情类用语都有程度不同的忽略，本套皇家版译本则尽力在此方面还原莎士比亚的本真状态（论述见后文）。其他还有一些译本，亦都应该受到我们的关注，处理原则类推。每种译本都有自己独特的东西。我们希望美的译文是这套译本的突出特点。

5. 借鉴他种汉译本问题。凡是我们曾经参考过的较好的译本，都在适当的地方加以注明，承认前辈译者的功绩。借鉴利用是完全必要的，但是要正大光明，避免暗中抄袭。

6. 具体翻译策略问题特别关键，下文将其单列进行陈述。

莎士比亚作品翻译领域大转折：真正的诗体译本

莎士比亚首先是一个诗人。莎士比亚的作品基本上都以诗体写成。因此，要想尽可能还原本真的莎士比亚，就必须将莎士比亚作品翻译成为诗体而不是散文，这在莎学界已经成为共识。但是紧接而来的问题是：什么叫诗体？或需要什么样的诗体？

按照我们的想法：1）所谓诗体，首先是措辞上的诗味必须尽可能浓郁；2）节奏上的诗味（包括分行）等要予以高度重视；3）结合中国人的审美习惯，剧文可以押韵，也可以不押韵。但不押韵的剧文首先要满足前两个要求。

本全集翻译原计划由笔者一个人来完成。但是，莎士比亚的创作具有惊人的多样性，其作品来源也明显具有莎士比亚时代若干其他作家与作品的痕迹，因此，完全由某一个译者翻译成一种风格，也许难免偏颇，难以和莎士比亚风格的多样性相呼应。所以，集众人的力量来完成大业，应该更加合理，更加具有可操作性。

具体说来，新时代提出了什么要求？简而言之，就是用真正的诗体翻译莎士比亚的诗体剧文。这个任务，是朱生豪先生无法完成的。朱先生说过，他在翻译莎士比亚作品时，"当然预备全部用散文译出，否则将要了我的命"。[1] 显然，朱先生也考虑过用诗体来翻译莎士比亚著作的问题，但是他的结论是：第一，靠单独一个人用诗体翻译《莎士比亚全集》是办不到的，会因此累死；第二，他用散文翻译也是不得已的办法，因为只有这样他才有可能在有生之年完成《莎士比亚全集》的翻译工作。

将《莎士比亚全集》翻译成诗体比翻译成散文体要难得多。难到什么程度呢？和朱生豪先生的翻译进度比较一下就知道了。朱先生翻译得最快的时候，一天可以翻译一万字。[2] 为什么会这么快？朱先生才华过人，这当然是一个因素，但关键因素是：他是用散文翻译的。用真正的诗体就不一样了。以笔者自己的体验，今日照样用散文翻译莎士比亚剧本，最快时也可达到每日一万字。这是因为今日的译者有比以前更完备的注释本和众多的前辈汉译本作参考，至少在理解原著时，要比朱先生当年省力得多，所以翻译速度上最高达到一万字是不难的。但是翻译成诗体就是另外一回事了。这比自己写诗还要难得多。写诗是自己随意发挥，译诗则必须按照别人的意思发挥，等于是戴着镣铐跳舞。笔者自己写诗，诗兴浓时，一天数百行都可以写得出来，但是翻译诗，一天只能是几十行，统计成字数，往往还不到一千字，最多只是朱生豪先生散文翻译速度的十分之一。梁实秋先生翻译《莎士比亚全集》用的也是散文，但是也花了 37 年，如果要翻译成真正的诗体，那么至少得 370 年！由此可见，真正的诗体《莎士比亚全集》汉译本的诞生，有多么艰难。此次笔者约稿的各位译者，都是用诗体翻译，并且都表示花费了大量的时间，

---

1 见朱生豪大约在 1936 年夏致宋清如信："今天下午，我试译了两页莎士比亚，还算顺利，不过恐怕终于不过是 Poor Stuff 而已。当然预备全部用散文译出，否则将要了我的命。"（《伉俪：朱生豪宋清如诗文选》下卷，中国青年出版社，2013 年，第 94 页）

2 朱生豪："今天因为提起了精神，却很兴奋，晚上译了六千字，今天一共译一万字。"（同上，第 101 页）

皇家版《莎士比亚全集》译本凝聚了诸位译者的多少努力，也就不言而喻了。

翻译诗体分辨：不是分了行就是真正的诗

主张将莎士比亚剧作翻译成诗体成了共识，但是什么才是诗体，却缺乏共识。在白话诗盛行的时代，许多人只是简单地认定分了行的文字就是诗这个概念。分行只是一个初级的现代诗要求，甚至不必是必然要求，因为有些称为诗的文字甚至连分行形式都没有。不过，在莎士比亚作品的翻译上，要让译文具有诗体的特征，首先是必定要分行的，因为莎士比亚原作本身就有严格的分行形式。这个不用多说。但是译文按莎士比亚的方式分了行，只是达到了一个初级的低标准。莎士比亚的剧文读起来像不像诗，还大有讲究。

卞之琳先生对此是颇有体会的。他的译本是分行式诗体，但是他自己也并不认为他译出的莎士比亚剧本就是真正的诗体译本。他说：读者阅读他的译本时，"如果……不感到是诗体，不妨就当散文读，就用散文标准来衡量"。[1] 这是一个诚实的译者说出的诚实话。不过，卞先生很谦虚，他有许多剧文其实读起来还是称得上诗体的。原因是什么？原因是他注意到了笔者上文提到的两点：第一，诗的措辞；第二，诗的节奏。只不过他迫于某些客观原因，并没有自始至终侧重这方面的追求而已。

显然，一些译本翻译了莎士比亚的剧文，在行数上靠近莎士比亚原作，措辞也还流畅。这些是不是就是理想的诗体莎士比亚译本呢？笔者认为，这还不够。什么是诗，对于中国人来说有几千年的历史，我们不

1　卞之琳：《莎士比亚悲剧四种》，方志出版社，2007 年，第 4 页。

能脱离这个悠久的传统来讨论这个问题。为此，我们不得不重新提到一些基本概念：什么是诗？什么是诗歌翻译？

诗歌是语言艺术，诗歌翻译也就必须是语言艺术

讨论诗歌翻译必须从讨论诗歌开始。

诗主情。诗言志。诚然。但诗歌首先应该是一种精妙的语言艺术。同理，诗歌的翻译也就不得不首先表现为同类精妙的语言艺术。若译者的语言平庸而无光彩，与原作的语言艺术程度差距太远，那就最多只是原诗含义的注释性文字，算不得真正的诗歌翻译。

那么，何谓诗歌的语言艺术？

无他，修辞造句、音韵格律一整套规矩而已。无规矩不成方圆，无限制难成大师。奥运会上所有的技能比赛，无不按照特定的规矩来显示参赛者高妙的技能。德国诗人歌德（Johann Wolfgang von Goethe）《自然和艺术》（"Natur und Kunst"）一诗最末两行亦彰扬此理：

> 非限制难见作手，
>
> 唯规矩予人自由。[1]

艺术家的"自由"，得心应手之谓也。诗歌既为语言艺术，自然就有一整套相应的语言艺术规则。诗人应用这套规则时，一旦达到得心应手的程度，那就是达到了真正成熟的境界。当然，规矩并非一点都不可打破，但只有能够将规矩使用到随心所欲而不逾矩的程度的人，才真正有资格去创立新规矩，丰富旧规矩。创新是在承传旧规则长处的基础上来进行的，而不是完全推翻旧规则，肆意妄为。事实证明，在语言艺术上

---

1 In der Beschränkung zeigt sich erst der Meister, / Und das Gesetz nur kann uns Freiheit geben. 参见 http://www.business-it.nl/files/7d413a5dca62fc735a072b16fbf050b1-27.php.

凡无视积淀千年的诗歌语言规则，随心所欲地巧立名目、乱行胡来者，永不可能在诗歌语言艺术上取得大的成就，所以歌德认为：

> 若徒有放任习性，
>
> 则永难至境遨游。[1]

　　诗歌语言艺术如此需要规则，如此不可放任不羁，诗歌的翻译自然也同样需要相类似的要求。这个要求就是笔者前面提出的主张：若原诗是精妙的语言艺术，则理论上说来，译诗也应是同类精妙的语言艺术。

　　但是，"同类"绝非"同样"。因为，由于原作和译作使用的语言载体不一样，其各自产生的语言艺术规则和效果也就各有各的特点，大多不可同样复制、照搬。所以译作的最高目标，是尽可能在译入语的语言艺术领域达到程度大致相近的语言艺术效果。这种大致相近的艺术效果程度可叫作"最佳近似度"。它实际上也就是一种翻译标准，只不过针对不同的文类，最佳近似度究竟在哪些因素方面可最佳程度地（并不一定是最大程度地）取得近似效果，不是一成不变的，而是具有高度的灵活性。不同的文类，甚至针对不同的受众，我们都可以设定不同的最佳近似度。这点在拙著《中西诗比较鉴赏与翻译理论》（清华大学出版社，2010 年）的相关章节中有详细的厘定，此不赘。

话与诗的关系：话不是诗

　　古人的口语本来就是白话，与现在的人说的口语是白话一个道理。

1　Vergebens werden ungebundene Geister / Nach der Vollendung reiner Höhe streben. 参 见 http://www.cosmiq.de/qa/show/3454062/Vergebens-werden-ungebundne-Geister-Nach-der-Vollendung-reiner-Hoehe-streben-Was-ist-die-Bedeutung-dieser-2-Verse-Ich-komm-nicht-drauf/t.

正因为白话太俗，不够文雅，古人慢慢将白话进行改进，使它更加规范、更加准确，并且用语更加丰富多彩，于是文言产生。在文言的基础上，还有更文的文字现象，那就是诗歌，于是诗歌产生。所以就诗歌而言，文言味实际上就是一种特殊的诗味。文言有浅近的文言，也有佶屈聱牙的文言。中国传统诗歌绝大多数是浅近的文言，但绝非口语、白话。诗中有话的因素，自不待言，但话的因素往往正是诗试图抑制的成分。

文言和诗歌的产生是低俗的口语进化到高雅、准确层次的标志。文言和诗歌的进一步发展使得语言的艺术性愈益增强。最终，文言和诗歌完成了艺术性语言的结晶化定型。这标志着古代文学和文学语言的伟大进步。《诗经》、楚辞、唐诗、宋词、元明戏曲，以及从先秦、汉、唐、宋、元至明清的散文等，都是中国语言艺术逐步登峰造极的明证。

人们往往忘记：话不是诗，诗是话的升华。话据说至少有**几十万年**的历史，而诗却只有**几千年**的历史。白话通过漫长的岁月才升华成了诗。因此，从理论上说，白话诗不是最好的诗，而只是低层次的、初级的诗。当一行文字写得不像是话时，它也许更像诗。"太阳落下山去了"是话，硬说它是诗，也只是平庸的诗，人人可为。而同样含义的"白日依山尽"不像是话，却是真正的诗，非一般人可为，只有诗人才写得出。它的语言表达方式与一般人的通用白话脱离开来了，实现了与通用语的偏离（deviation from the norm）。这里的通用语指人们天天使用的白话。试想把唐诗宋词译成白话，还有多少诗味剩下来？

谢谢古代先辈们一代又一代、不屈不挠的努力，话终于进化成了诗。

但是，20 世纪初一些激进的中国学者鼓荡起一场声势浩大的白话文运动。

客观说来，用白话文来书写、阅读自然科学和人文科学文献，例如哲学、政治学、伦理学、经济学等等文献，这都是**伟大的进步**。这个进步甚至可以上溯到八百多年前朱熹等大学者用白话体文章传输理学思想。对此笔者非常拥护，非常赞成。

但是约一百年前的白话诗运动却未免走向了极端，事实上是一种语言艺术方面的倒退行为。已经高度进化的诗词曲形式被强行要求返祖回归到三千多年前的类似白话的状态，已经高度语言艺术化了的诗被强行要求退化成话。艺术性相对较低的白话反倒成了正统，艺术性较高的诗反倒成了异端。其实，容许口语类白话诗和文言类诗并存，这才是正确的选择。但一些激进学者故意拔高白话地位，在诗歌创作领域搞成白话至上主义，这就走上了极端主义道路。

这个运动影响到诗歌翻译的结果是什么呢？结果是西方所有的大诗人，不论是古代的还是近代的，如荷马（Homer）、但丁（Dante）、莎士比亚、歌德、雨果（Victor Hugo）、普希金（Alexander Pushkin）……都莫名其妙地似乎用同一支笔写出了 20 世纪初才出现的味道几乎相同的白话文汉诗！

将产生这种极端性结果的原因再回推，我们会清楚地明白，当年的某些学者把文学艺术简单雷同于人文社会科学，误解了文学艺术，尤其是诗歌艺术的特殊性质，误以为诗就是话，混淆了诗与话的形式因素。

针对莎士比亚戏剧诗的翻译对策

由上可知，莎士比亚的剧文既然大多是格律诗，无论有韵无韵，它们都是诗，都有格律性。因此在汉译中，我们就有必要显示出它具有格律性，而这种格律性就是诗性。

问题在于，格律性是附着在语言形式上的；语言改变了，附着其上的格律性也就大多会消失。换句话说，格律大多不可复制或模仿，这就正如用钢琴弹不出二胡的效果，用古筝奏不出黑管的效果一样。但是，原作的内在旋律是可以模仿的，只是音色变了。原作的诗性是可以换个形式营造的，这就是利用汉语本身的语言特点营造出大略类似的语言艺术审美效果。

由于换了另外一种语言媒介，原作的语音美设计大多已经不能照搬、复制，甚至模拟了，那么我们就只好断然舍弃掉原作的许多语音美设计，而代之以译入语自身的语言艺术结构产生的语音美艺术设计。当然，原作的某些语音美设计还是可以尝试模拟保留的，但在通常的情况下，大多数的语音美已经不可能传输或复制了。

利用汉语本身的语音审美特点来营造莎士比亚诗歌的汉译语音审美效果，是莎士比亚作品翻译的一个有效途径。机械照搬原作的语音审美模式多半会失败，并且在大多数的场合下也没有必要。

具体说来，这就涉及翻译莎士比亚戏剧作品时该如何处理：1）节奏；2）韵律；3）措辞。笔者主张，在这三个方面，我们都可以适当借鉴利用中国古代词曲体的某些因素。戏剧剧文中的诗行一般都不宜多用单调的律诗和绝句体式。元明戏剧为什么没有采用前此盛行的五言或七言诗行而采用了长短错杂、众体皆备的词曲体？这是一种艺术形式发展的必然。元明曲体由于要更好更灵活地满足抒情、叙事、论理等诸多需要，故借用发展了词的形式，但不是纯粹的词，而是融入了民间语汇。词这种形式涵盖了一言、二言、三言、四言、五言、六言、七言、八言……乃至十多言的长短句式，因此利于表达变化莫测的情、事、理。从这个意义上看，莎士比亚剧文语言单位的参差不齐状态与中文词曲体句式的参差不齐状态正好有某种相互呼应的效果。

也许有人说，莎士比亚的剧文虽然是格律诗，但并不怎么押韵，因此汉诗翻译也就不必押韵。这个说法也有一定道理，但是道理并不充实。

首先，我们应该明白，既然莎士比亚的剧文是诗体，人们读到现今的散体译文或不押韵的分行译文却难以感受到其应有的诗歌风味，原因即在于其音乐性太弱。如果人们能够照搬莎士比亚素体诗所惯常用的音步效果及由此引起的措辞特点，当然更好。但事实上，原作的节奏效果是印欧语系语言本身的效果，换了一种语言，其效果就大多不能搬用了，所以我们只好利用汉语本身的优势来创造新的音乐美。这种音乐美很难说是原作的音乐美，但是它毕竟能够满足一点：即诗体剧文应该具有诗歌应有的音乐美这个起码要求。而汉译的押韵可以强化这种音乐美。

其次，莎士比亚的剧文不押韵是由诸多因素造成的。第一，属于印欧语系语言的英语在押韵方面存在先天的多音节不规则形式缺陷，导致押韵词汇范围相对较窄。所以对于英国诗人来说，很苦于押韵难工；莎士比亚的许多押韵体诗，例如十四行诗，在押韵方面都不很工整。其次，莎士比亚的剧文虽不押韵，却在节奏方面十分考究，这就弥补了音韵方面的不足。第三，莎士比亚的剧文几乎绝大多数是诗行，对于剧作者来说，每部长达两三千行的诗行行都要押韵，这是一个极大的挑战，很难完成。而一旦改用素体，剧作者便会轻松得多。但是，以上几点对于汉语译本则不是一个问题。汉语的词汇及语音构成方式决定了它天生就是一种有利于押韵的艺术性语言。汉语存在大量同韵字，押韵是一件很容易的事情。汉语的语音音调变化也比莎士比亚使用的英语的音调变化空间大一倍以上。汉语音调至少有四种（加上轻重变化可达六至八种），而英语的音调主要局限于轻重语调两种，所以存在于印欧语系文字诗歌中的频频押韵有时会产生的单调感，在汉语中会在很大程度上由于语调的多变而得到缓解。故汉语戏剧剧文在押韵方面有很大的潜在优势空间，实际上元明戏剧剧文频频押韵就是证明。

第三，莎士比亚的剧文虽然很多不押韵，但却具极强的节奏感。他惯用的格律多半是抑扬格五音步（iambic pentameter）诗行。如果我们在节奏方面难以传达原作的音美，或者可以通过韵律的音美来弥补节奏美的丧失，这种翻译对策谓之堤内损失堤外补，亦谓失之东隅，收之桑榆。我们的语言在某方面有缺陷，可以通过另一方面的优点来弥补。当然，笔者主张在一定程度上借鉴利用传统词曲的风味，却并不主张使用宋词、元曲式的严谨格律，而只是追求一种过分散文化和过分格律化之间的妥协状态。有韵但是不严格，要适当注意平仄，但不过多追求平仄效果及诗行的整齐与否；不必有太固定的建行形式，只是根据诗歌本身的内容和情绪赋予适当的节奏与韵式。在措辞上则保持与白话有一段距离，但是绝非佶屈聱牙的文言，而是趋近典雅、但普通读者也能读懂的语言。

最后，根据翻译标准多元互补论原理，由于莎士比亚作品在内容、形式及审美效应方面具有多样性，因此，只用一种类乎纯诗体译法来翻译所有的莎士比亚剧文，也是不完美的，因为单一的做法也许无形中堵塞了其他有益的审美趣味通道。因此，这套译本的译风虽然整体上强调诗化、诗味，但是在营造诗味的途径和程度上不是单一的。我们允许诗体译风的灵活性和创新性。多译者译法实际上也是在探索诗体译法的诸多可能性，这为我们将来进一步改进这套译本铺垫了一条较宽的道路。因此，译文从严格押韵、半押韵到不押韵的各个程度，译本都有涉猎。但是，无论是否押韵，其节奏和措辞应该总是富于诗意，这个要求则是统一的。这是我们对皇家版《莎士比亚全集》译本的语言和风格要求。不能说我们能完全达到这个目标，但我们是往这个方向努力的。正是这样的努力，使这套译本与前此译本有很大的差异，在一定的意义上来说，标志着中国莎士比亚著作翻译的一次大转折。

翻译突破：还原莎士比亚作品禁忌区域

另有一个课题是中国学者从前讨论得比较少的禁忌领域，即莎士比亚著作中的性描写现象。

　　许多西方学者认为，莎士比亚酷爱色情字眼，他的著作渗透着性描
写、性暗示。只要有机会，他就总会在字里行间，用上与性相联系的双
关语。西方人很早就搜罗莎士比亚著作的此类用语，编纂了莎士比亚
淫秽用语词典。这类词典还不止一种。1995 年，我又看到弗朗基·鲁
宾斯坦（Frankie Rubinstein）等编纂了《莎士比亚性双关语释义词典》
（*A Dictionary of Shakespeare's Sexual Puns and Their Significance*），厚达
372 页。

　　赤裸裸的性描写或过多的淫秽用语在传统中国文学作品中是受到非
议的，尽管有《金瓶梅》这样被判为淫秽作品的文学现象，但是中国传
统的主流舆论还是抑制这类作品的。莎士比亚的作品固然不是通常意义
上的淫秽作品，但是它的大量实际用语确实有很强的色情味。这个极鲜
明的特点恰恰被前此的所有汉译本故意掩盖或在无意中抹杀掉。莎士比
亚的所有汉译者，尤其是像朱生豪先生这样的译者，显然不愿意中国读
者看到莎士比亚的文笔有非常泼辣的大量使用性相关脏话的特点。这个
特点多半都被巧妙地漏译或改译。于是出现一种怪现象，莎士比亚著作
中有些大段的篇章变成汉语后，尽管读起来是通顺的，读者对这些话语
却往往感到莫名其妙。以《罗密欧与朱丽叶》第一幕第一场前面的 30 行
台词为例，这是凯普莱特家两个仆人山普孙与葛莱古里之间的淫秽对话。
但是，读者阅读过去的汉译本时，很难看到他们是在说淫秽的脏话，甚
至会认为这些对话只是仆人之间的胡话，没有什么意义。

　　不过，前此的译本对这类用语和描写的态度也并不完全一样，而是
依据年代距离在逐步改变。朱生豪先生的译本对这些东西删除改动得最
多，梁实秋先生已经有所保留，但还是有节制。方平先生等的译本保留
得更多一些，但仍然持有相当的保留态度。此外，从英语的不同版本看，
有的版本注释得明白，有的版本故意模糊，有的版本注释者自己也没有

弄懂这些双关语，那就更别说中国译者了。

在这一点上，我们目前使用的皇家版《莎士比亚全集》是做得最好的。

那么，我们该怎样来翻译莎士比亚的这种用语呢？是迫于传统中国道德取向的习惯巧妙地回避，还是尽可能忠实地传达莎士比亚的本真用意？我们认为，前此的译本依据各自所处时代的中国人道德价值的接受状态，采用了相应的翻译对策，出现了某种程度的曲译，这是可以理解的，是特定历史条件下的产物。但是，历史在前进，中国人的道德观已经有了很大的改变，尤其是在性禁忌领域。说实话，无论我们怎样真实地还原莎士比亚著作中的性双关描写，比起当代文学作品中有时无所忌讳的淫秽描写来，莎士比亚还真是有小巫见大巫的感觉。换句话说，目前中国人在这方面的外来道德价值接受状态，已经完全可以接受莎士比亚著作中的性双关用语了。因此，我们的做法是尽可能真实还原莎士比亚性相关用语的现象。在通常的情况下，如果直译不能实现这种现象的传输，我们就采用注释。可以说，在这方面，目前这个版本是所有莎士比亚汉译本中做得最超前的。

译法示例

莎士比亚作品的文字具有多种风格，早期的、中期的和晚期的语言风格有明显区别，悲剧、喜剧、历史剧、十四行诗的语言风格也有区别。甚至同样是悲剧或喜剧，莎士比亚的语言风格往往也会很不相同。比如同样是属于悲剧，《罗密欧与朱丽叶》剧文中就常常有押韵的段落，而大悲剧《李尔王》却很少押韵；同样是喜剧，《威尼斯商人》是格律素体诗，而《快乐的温莎巧妇》却大多是散文体。

与此现象相应，我们的翻译当然也就有多种风格。虽然不完全一一对应，但我们有意避免将莎士比亚著作翻译成千篇一律的一种文体。从这个意义上说，皇家版《莎士比亚全集》汉译本在某些方面采用了全新的译法。这种全新译法不是孤立的一种译法，而是力求展示多种翻译风格、多种审美尝试。多样化为我们将来精益求精提供了相对更多的选择。如果现在固定为一种单一的风格，那么将来要想有新的突破，就困难了。概括说来，我们的多种翻译风格主要包括：1）有韵体诗词曲风味译法；2）有韵体现代文白融合译法；3）无韵体白话诗译法。下面依次选出若干相应风格的译例，供读者和有关方面品鉴。

一、有韵体诗词曲风味译法

有韵体诗词曲风味译法注意使用一些传统诗词曲中诗味比较浓郁的词汇，同时注意遣词不偏僻，节奏比较明快，音韵也比较和谐。但是，它们并不是严格意义上的传统诗词曲，只是带点诗词曲的风味而已。例如：

女巫甲　何时我等再相逢？

　　　　　闪电雷鸣急雨中？

女巫乙　待到硝烟烽火静，

　　　　　沙场成败见雌雄。

女巫丙　残阳犹挂在西空。　　　　　　　　（《麦克白》第一幕第一场）

小丑甲　当时年少爱风流，

　　　　　有滋有味有甜头；

　　　　　行乐哪管韶华逝，

　　　　　天下柔情最销愁。　　　　　　　　（《哈姆莱特》第五幕第一场）

朱丽叶　天未曙，罗郎，何苦别意匆忙？

　　　　鸟音啼，声声亮，惊骇罗郎心房。

　　　　休听作破晓云雀歌，只是夜莺唱，

　　　　石榴树间，夜夜有它设歌场。

　　　　信我，罗郎，端的只是夜莺轻唱。

罗密欧　不，是云雀报晓，不是莺歌，

　　　　看东方，无情朝阳，暗洒霞光，

　　　　流云万朵，镶嵌银带飘如浪。

　　　　星斗如烛，恰似残灯剩微芒，

　　　　欢乐白昼，悄然驻步雾嶂群岗。

　　　　奈何，我去也则生，留也必亡。

朱丽叶　听我言，天际微芒非破晓霞光，

　　　　只是金乌，吐射流星当空亮，

　　　　似明炬，今夜为郎，朗照边邦，

　　　　何愁它曼托瓦路，漫远悠长。

　　　　且稍待，正无须行色皇皇仓仓。

罗密欧　纵身陷人手，蒙斧钺加诛于刑场；

　　　　只要这勾留遂你愿，我欣然承当。

　　　　让我说，那天际灰朦，非黎明醒眼，

　　　　乃月神眉宇，幽幽映现，淡淡辉光；

　　　　那歌鸣亦非云雀之讴，哪怕它

　　　　嚣然振动于头上空冥，嘹亮高亢。

　　　　我巴不得栖身此地，永不他往。

　　　　来吧，死亡！倘朱丽叶愿遂此望。

　　　　如何，心肝？畅谈吧，趁夜色迷茫。

　　　　　　　　　　（《罗密欧与朱丽叶》第三幕第五场）

二、有韵体现代文白融合译法

有韵体现代文白融合译法的特点是：基本押韵，措辞上白话与文言尽量能够水乳交融；充分利用诗歌的现代节奏感，俾便能够念起来朗朗上口。例如：

哈姆莱特 死，还是生？这才是问题根本：

莫道是苦海无涯，但操戈奋进，

终赢得一片清平；或默对逆运，

忍受它箭石交攻，敢问，

两番选择，何为上乘？

死灭，睡也，倘借得长眠

可治心伤，愈千万肉身苦痛痕，

则岂非美境，人所追寻？死，睡也，

睡中或有梦魇生，唉，症结在此；

倘能撒手这碌碌凡尘，长入死梦，

又谁知梦境何形？念及此忧，

不由人踌躇难定：这满腹疑情

竟使人苟延年命，忍对苦难平生。

假如借短刀一柄，即可解脱身心，

谁甘愿受人世的鞭挞与讥评，

强权者的威压，傲慢者的骄横，

失恋的痛楚，法律的耽延，

官吏的暴虐，甚或默受小人

对贤德者肆意拳脚加身？

谁又愿肩负这如许重担，

流汗、呻吟，疲于奔命，

倘非对死后的处境心存疑云，

惧那未经发现的国土从古至今
无孤旅归来，意志的迷惘
使我辈宁愿忍受现世的忧闷，
而不敢飞身投向未知的苦境？
前瞻后顾使我们全成懦夫，
于是，本色天然的决断决行，
罩上了一层思想的惨淡余阴，
只可惜诸多待举的宏图大业，
竟因此如逝水忽然转向而行，
失掉行动的名分。　　　　　　（《哈姆莱特》第三幕第一场）

麦克白　若做了便是了，则快了便是好。
若暗下毒手却能横超果报，
割人首级却赢得绝世功高，
则一击得手便大功告成，
千了百了，那么此际此宵，
身处时间之海的沙滩、岸畔，
何管它来世风险逍遥。但这种事，
现世永远有裁判的公道：
教人杀戮之策者，必受杀戮之报；
给别人下毒者，自有公平正义之手
让下毒者自食盘中毒肴。　　　（《麦克白》第一幕第七场）

损神，耗精，愧煞了浪子风流，
都只为纵欲眠花卧柳，
阴谋，好杀，赌假咒，坏事做到头；

心毒手狠，野蛮粗暴，背信弃义不知羞。
才尝得云雨乐，转眼意趣休。
舍命追求，一到手，没来由
便厌腻个透。呀恰，恰像是钓钩，
但吞香饵，管教你六神无主不自由。
求时疯狂，得时也疯狂，
曾有，现有，还想有，要玩总玩不够。
适才是甜头，转瞬成苦头。
求欢同枕前，梦破云雨后。
唉，普天下谁不知这般儿歹症候，
却避不得便往这通阴曹的天堂路儿上走！

（十四行诗第一百二十九首）

三、无韵体白话诗译法

无韵体白话诗译法的特点是：虽然不押韵，但是译文有很明显的和谐节奏，措辞畅达，有诗味，明显不是普通的口语。例如：

贡妮芮　父亲，我爱您非语言所能表达；
胜过自己的眼睛、天地、自由；
超乎世上的财富或珍宝；犹如
德貌双全、康强、荣誉的生命。
子女献爱，父亲见爱，至多如此；
这种爱使言语贫乏，谈吐空虚：
超过这一切的比拟——我爱您。（《李尔王》第一幕第一场）

李尔　国王要跟康沃尔说话，慈爱的父亲
要跟他女儿说话，命令、等候他们服侍。

这话通禀他们了吗？我的气血都飙起来了！
火爆？火爆公爵？去告诉那烈性公爵——
不，还是别急：也许他是真不舒服。
人病了，常会疏忽健康时应尽的
责任。身子受折磨，
逼着头脑跟它受苦，
人就不由自主了。我要忍耐，
不再顺着我过度的轻率任性，
把难受病人偶然的发作，错认是
健康人的行为。我的王权废掉算了！
为什么要他坐在这里？这种行为
使我相信公爵夫妇不来见我
是伎俩。把我的仆人放出来。
去跟公爵夫妇讲，我要跟他们说话，
现在就要。叫他们出来听我说，
不然我要在他们房门前打起鼓来，
不让他们好睡。　　　　　（《李尔王》第二幕第二场）

奥瑟罗　　诸位德高望重的大人，
　　　　　我崇敬无比的主子，
　　　　　我带走了这位元老的女儿，
　　　　　这是真的；真的，我和她结了婚，说到底，
　　　　　这就是我最大的罪状，再也没有什么罪名
　　　　　可以加到我头上了。我虽然
　　　　　说话粗鲁，不会花言巧语，
　　　　　但是七年来我用尽了双臂之力，

直到九个月前，我一直
都在战场上拼死拼活，
所以对于这个世界，我只知道
冲锋向前，不敢退缩落后，
也不会用漂亮的字眼来掩饰
不漂亮的行为。不过，如果诸位愿意耐心听听，
我也可以把我没有化装掩盖的全部过程，
一五一十地摆到诸位面前，接受批判：
我绝没有用过什么迷魂汤药、魔法妖术，
还有什么歪门邪道——反正我得到他的女儿，
全用不着这一套。　　　　　　　（《奥瑟罗》第一幕第三场）

目　录

《错误的喜剧》导言

　　一名叙拉古商人生了一对双胞胎儿子，其中一个在七岁时被人抢走了。他把另一个儿子的名字改成了失踪儿子的名字，以表思念之情。此儿长大之后，为找兄弟遍寻地中海地区，最后误打误撞来到了后者生活的海港城市，遇到了其情妇、妻子和其他熟人，并无可避免地被误认。当他表示并不认识这些人时，他们都认为他疯了，想把他关起来。幸亏出现了另一场乱局，使他们抓住了他的孪生兄弟——那个**确实**认识他们的人。观众期待着两兄弟同时出场、疑团化解的一刻。

　　这是古罗马剧作家普劳图斯（Plautus）的喜剧《孪生兄弟》（*Menaechmi*）中的情节。在伊丽莎白时期，任何受过古典教育的人，即所有上过大学的年轻人和许多只读完文法学校高年级的人，都十分熟悉这出戏。1594 年的圣诞节庆祝活动中，伦敦一群律师及其主顾们在观看《错误的喜剧》首演时，立刻就发现这出戏"很像普劳图斯的《孪生兄弟》"。数年后，一位名叫约翰·曼宁厄姆（John Manningham）的律师同样指出，莎士比亚后来创作的关于孪生子和错认身份的喜剧《第十二夜》（*Twelfth Night*）"与《错误的喜剧》或普劳图斯的《孪生兄弟》非常相像"。显然，他同上述观众一样，看出了二者之间的关联。我们如今赞许的是不同，而莎士比亚最初的观众喜好的却是相似：一部作品之所以好，并非由于它新颖独特，而是因为它模仿了某部美名远扬的经典作品。就喜剧来说，泰伦提乌斯（Terence）或普劳图斯的作品堪称经典。

在莎士比亚所处的时代环境中，模仿是教育和艺术理论的核心内容。然而，优秀的模仿从来都不是简单的盲从，而是必须超越原作。这种超越常常要借助的手法有两个：一是糅合不同来源的材料；二是把某个已经相当复杂的剧情设计得更加复杂。莎士比亚就是借此向那班聪敏的年轻律师观众展现了自己的聪明才智。他如同在说：普劳图斯才呈现了一对孪生子，而我要给你们看两对。这个方法大大增加了人物混淆的各种可能性。外来的寻亲者被误认作他生活在当地的兄弟，而他的兄弟则被当成了外乡来客；除此之外，我们还发现他们各自的仆人被自己的主人、对方的主人和当地众人认错；两个主人也被两个仆人错认。于是，一名身处他乡的未婚男子被告知其妻子正在等他回家吃饭的喜剧事件，与他的仆人意外受到与其孪生兄弟有染的胖胖的帮厨女佣纠缠的这一场喜剧事件交织在一起。

《错误的喜剧》借用了滑稽剧的基本展开手法：上场和下场。被误认的人物不断出现在舞台上。古典喜剧的范式要求，一场戏剧的情节要在同一个地点在一天之内完全展开。《错误的喜剧》是莎士比亚剧作中为数不多遵循这一惯例的作品。整个故事都发生在以弗所的市场上，而伊勤的情节（早上被判刑，傍晚被释放）构成了故事的时间框架。上场的门和下场的门都代表着特定的场所：凤凰商店（安提福勒斯和阿德里安娜的家）、豪猪店（妓女家）和尼庵。这就莎剧来说是少见的。或许，在演出时，门上甚至会贴着这些标签。从舞台布置的角度看，这种手法非常适合室内学院派戏剧之用——该剧仅作为律师学院整个晚会娱乐的一个小小组成部分，编排得相当简短。《错误的喜剧》是莎士比亚作品中最短的一部，比其他各部都短很多。全剧共有约 1,800 行台词，而有些悲剧和历史剧的台词行数是它的两倍多。目前尚无证据表明这部剧曾公开演出过，但这并不意味着它只是给精英观众看的私人演出保留剧目。上场门和下场门的手法完全可以加以调整，用于公共剧场演出；或许舞台后部中央的"发现空间"可以用作尼庵，也就是与失散的母亲重逢的地点。

尽管金匠安哲鲁和各色商人生动地展现了以弗所繁荣的市场经济，但该剧的最大戏份属于两名外乡人和那位妻子。作为喜剧核心手法的身份错认实为发现真正身份的手段。遭遇有人把你错当成别人的事情虽然令人烦恼，但却最终证明是弄清楚你真正身份的宝贵手段。叙拉古的安提福勒斯一直在为寻找家人而到处游走。他来到以弗所并被错认为他久已失散的兄弟时，意识到他的自我并非安全无虞。他在台词中把自己比喻为一滴水，痛彻地体验到了流浪和被怀疑的滋味。正是这种体验塑造了莎士比亚的诸多喜剧。我们如何调和自我那既想独立（一滴水）又离不开集体（汪洋大海）这两种彼此矛盾的需求呢？迷失与混乱是为下文所作的铺垫，创造了以弗所就是一个疯狂世界和潜隐噩梦的意象——这就是滑稽剧中的归谬法。目的是促使我们想象：倘若别人都是疯子，唯独我们神志正常，因而反被当作疯子，那会是怎样一番情形？

喜剧偏爱的结局是我们通过找到正确的同伴而找回自己。叙拉古的安提福勒斯不仅找到了父亲、母亲和兄弟，还找到了未来的妻子露西安娜——他兄弟妻子的妹妹。同《驯悍记》（*The Taming of the Shrew*）和《维洛那二绅士》（*The Two Gentlemen of Verona*）等早期莎翁喜剧类似，本剧为莎士比亚剧团中的男童演员准备了两个性格鲜明的女性角色。两对兄弟都是模样相同的双胞胎，但两姐妹却在相貌和性格上都截然相反。她俩的名字也富有象征意义："阿德里安娜"意为"属于泥土的"，"露西安娜"意为"属于光明的"；前者有着浅黑色的发肤，后者则是金发碧眼白肤；前者看上去是个泼妇，后者则神圣美丽。但在这部戏里写得最为浓挚的台词中，莎士比亚完全超越了这些二元对立现象让人联想到的女性气质。

正如莎翁喜剧多方暗示的那样，幸福的结局经常只是假象罢了，顶多也不过暂时悬停了生活的嘈杂。我们不妨假设，那两对孪生兄弟不仅模样一致，而且性格也大致相仿，那么可以想象，在后续情节里，安提福勒斯和露西安娜之间尽管有着愉快的开始，婚后生活很可能跟他兄弟与她姐姐的婚姻生活没什么不同。未婚的露西安娜在言谈之中赞扬了遵守妇道的做法，指责了姐姐的暴躁泼辣。但问题是，她的姐姐必须要容忍一个宁可在城里——尤其是身边还带着一个妓女——四处游逛也不肯回家陪伴妻子的丈夫。莎翁的大多数喜剧都颂扬了男欢女爱，但我们在各剧中所见到的已婚夫妇都是不可靠婚姻的样板。一旦露西安娜发现丈夫的真正面目，她那套论调就会面临严峻考验。

在剧终时，阿德里安娜婚姻的裂隙虽然得以修补，但她在台词中表达的内心痛苦根本无法消除。她的一番话让叙拉古的安提福勒斯那以自我为中心的"一滴水"的意象发生了转变，指出我们的一举一动都会影响到爱我们的人。莎士比亚的一贯做法是走两条平行路线：一方面，阿德里安娜对其不忠的丈夫表达了令人动容的怨妇之情；与此同时出现的是那句总会为本剧赢得最大笑声的台词："您是在和我说话吗，美丽的夫人？"当然，她面对的是那个被错认的兄弟。

参考资料

剧情：以弗所和叙拉古两邦不和。任何到以弗所来的叙拉古人，要么被处死，要么缴纳1,000马克的赎金。一名叙拉古老商人伊勤被逮捕了。他解释了自己是为什么来到以弗所的：他和妻子爱米莉娅有一对双胞胎儿子，还买来一对服侍两兄弟的双胞胎奴隶。许多年以前，一场海难使他家破人散：他与妻子、一个儿子、一个奴隶失散了。为了纪念失散的家人，他把跟在身边的儿子和奴隶的名字改成了他们各自兄弟的名字：儿子改名为安提福勒斯，奴隶改名为德洛米奥。叙拉古的安提福勒斯长大成人后，带着他的奴隶德洛米奥离家去寻找兄弟和母亲。现在，伊勤又在寻找他们两人。公爵限他在天黑之前筹足赎金。巧的是，叙拉古的安提福勒斯和德洛米奥二人也刚刚到达以弗所。而另一对安提福勒斯和德洛米奥自那次海难后就一直生活在以弗所。错误的喜剧由此而生。以弗所人把这对外乡客误认作生活在本地的主仆二人，连以弗所的安提福勒斯的妻子阿德里安娜和她妹妹露西安娜都被搞糊涂了。种种乱局导致以弗所的安提福勒斯因欠债被捕，并被宣布为疯子，而叙拉古的安提福勒斯为躲避他兄弟的愤怒妻子而逃入了尼庵——那里的住持正是伊勤那失散已久的妻子。最终，一切纷乱都得以解决，伊勤无罪释放。

主要角色：（列有台词行数百分比/台词段数/上场次数）叙拉古的安提福勒斯（15%/103/6），阿德里安娜（15%/79/6），叙拉古的德洛米奥（14%/99/9），以弗所的安提福勒斯（12%/76/4），以弗所的德洛米奥（9%/63/6），伊勤（8%/17/2），露西安娜（5%/43/4），索列纳斯公爵（5%/22/2），安哲鲁（4%/31/4），爱米莉娅（4%/16/1）。

语体风格：诗体约占85%，散体约占15%。用韵相当频繁。

创作年代：1594年12月28日，在格雷律师学院（Gray's Inn）的圣诞节庆祝活动中，为法律界演出。可能是专门为此次演出写就，但也可能是早些时候写成。为法律界所熟知；1604年12月28日在宫廷演出。

取材来源： 叙拉古商人、失散的孪生子和错认这一主要情节取自普劳图斯的《孪生兄弟》（约于公元前 200 年创作的古罗马喜剧）。莎翁或通过拉丁语原著或威廉·华纳（William Warner）的英译手稿（直到 1595 年才出版）获知该剧。因认错奴隶而导致夫妻之间产生误解、结果主人被妻子关在自家门外这一情节取自普劳图斯的另一部剧作《安菲特律翁》（*Amphitruo*）。但把**两对**双胞胎兄弟结合到一部戏中，却是莎士比亚的独出心裁。海难和失散 / 找到父母这个主题可能源于传奇文学传统，而该传统可追溯到提尔的阿波罗尼奥斯（Apollonius of Tyre）[1] 创作的故事。此故事也是莎士比亚后期（与人合著的）《泰尔亲王佩力克里斯》（*Pericles*）一剧的主要源泉。

文本： 1623 年出版的对开本是本剧唯一的早期版本。一般认为，该文本是按照莎士比亚最初的手稿排版的，但尚无确凿证据；也有可能是根据誊写本或剧场提词员所用剧本（后一种可能性较小）。总体而言，印刷质量不错。

乔纳森·贝特（Jonathan Bate）

1　提尔的阿波罗尼奥斯：古希腊诗人，语法学家，创作时期约在公元前 222 至前 181 年。——译者附注

错误的喜剧

索列纳斯，以弗所**公爵**

伊勤，叙拉古商人，安提福勒斯孪生兄弟
　的父亲

以弗所的安提福勒斯（以安）〕孪生兄弟，伊勤
叙拉古的安提福勒斯（叙安）〕　的儿子

以弗所的德洛米奥（以德）〕侍奉安提福勒斯
叙拉古的德洛米奥（叙德）〕　兄弟的孪生兄弟

阿德里安娜，以弗所的安提福勒斯的妻子

露西安娜，阿德里安娜的妹妹

露丝，阿德里安娜的帮厨女佣

一妓女

安哲鲁，金匠

鲍尔萨泽，商人

商人甲

商人乙，安哲鲁的债主

品契博士，教师兼驱魔师

爱米利娅，以弗所尼庵的住持

狱卒、衙役、信差各一人，仆人及其他侍从各数人

第 一 幕

第一场 / 第一景

以弗所[1]

以弗所公爵率叙拉古商人伊勤、狱卒及其他侍从上

伊勤　　来吧，索列纳斯，赶快给我定下罪责，

　　　　让死亡把我的痛苦解脱！

公爵　　叙拉古的商人，求告的话不要再说。

　　　　我不想破坏我邦的律则。

　　　　在叙拉古规矩经营的以弗所商人，

　　　　近来遭到了你们公爵的仇视和迫害。

　　　　他们没有赎命的银币，

　　　　只能用鲜血印证他那严酷的法律。

　　　　他挑起的争端与仇恨

　　　　令我们再无悲悯、只余悲愤。

　　　　自从你那些猖獗的同乡与我们

　　　　兵戎相向、决死为敌，

　　　　双方便各自郑重集会，

　　　　颁布了庄严命令，

　　　　两城之间断绝通商、严禁来往。

　　　　除此而外，若有以弗所人

1　全剧都发生在此地。大部分情节都在室外公共场所展开，具体地点为市场或附近。以弗所（Ephesus）:伊奥尼亚（Ionia）城市，现属土耳其。叙拉古（Syracuse）:西西里（Sicily）一城市。

胆敢去往叙拉古的市场，

或有叙拉古人敢来以弗所的海港，

都将是自寻死路，格杀勿论，

随身货财一律交由公爵处置，

除非他能筹齐一千马克[1]，

来交足罚金、赎回性命。

你这些财物的最高估价，

也达不到区区一百马克，

按照我邦法律，你定死无疑。

伊勤　　我终于要得到解脱：待您一声令下，

我的痛苦就随夕阳坠落、完全停罢！

公爵　　叙拉古人，你且简单说说，

你为何要离乡背井，

为何要来到以弗所？

伊勤　　要我述说我那难表的不幸，

实在是人间最为彻骨的悲痛。

可为让世人见证，我落得如此下场，

全因亲情所致，并非我犯了大罪奇恶，

我要忍住悲伤，把来龙去脉一一说讲。

我生长在叙拉古，又在家乡娶妻。

若不是我的缘故，她本会幸福安居；

若不是灾祸临头，我俩本和乐相依，

夫妇彼此恩爱，家财逐日见增。

1　马克（marks）：原本是西欧通用的金银重量单位，后转指相应分量的金币或银币。

我往返埃庇丹农 [1]，生意顺利兴隆。

可我在那里的经理突然亡故，

无人替我照管那里储藏的货物。

我只得离开妻子温柔的臂弯，踏上去途。

分离将近半载之后，

她为自己备好行装，

迅速安全地来到我的身旁。

那时她已经有喜在身，

行动不便，喘气都很困难。

我们夫妻团圆之后不久，

她就成了一对漂亮儿子的幸福母亲。

说来也怪，那两个孩子长得一模一样，

不说名字就分不出哪个是兄哪个是弟。

就在她生产的同时，在同一家客栈里，

一个穷人家的妇女也生下了

一对长得完全相同的孪生子。

他们的父母贫困潦倒，生计没有着落，

我便买下那对孩子，养大来服侍我的儿子。

我的妻子对两个儿子宠爱有加，

天天催促我快快返回家乡。

我无奈应允。唉！我们就这样匆匆登船。

船驶出埃庇丹农海港刚一里格 [2]，

那一向风平浪静的大海

1　埃庇丹农（Epidamium）：即埃庇丹努斯（Epidamnus），伊利里库姆（Illyricum）沿岸港口，
　　今为阿尔巴尼亚的都拉斯市（Durrës）。

2　里格（league）：长度单位，约合 3 英里。

便显露狰狞，要制造灾难。
天色越来越暗，
我们心中的希望也越来越淡。
天空那昏暗的微光投入我们恐惧的心田，
使我们明白死神已经迫在眼前。
我自己虽不畏惧死亡，
可我妻子在那里不断哭泣——
她因那似乎必遭的当头厄运而哭泣；
我那双漂亮儿子也跟着可怜地哭号——
他们虽不懂事却像婴儿们惯常的那样哀号。
这使我设法要保全一家人的性命。
水手们都乘上救生小船逃命而去，
只剩我们一家随着大船将要沉没。
那时的情形是——那时也只能如此：
我妻子更为疼爱我们的小儿子，
就学着航海者们遭遇风暴时的方式，
把他在一根备用的小桅杆上绑牢，
又绑上另一对孪生子中的一个。
我把大儿子和另外那个孪生子，
同样在另一根桅杆上绑好。
我们分别把自己捆在桅杆的另一端，
好把自己桅杆上的孩子们密切照看。
我们就这样随波逐浪，
漂往我们认为是科林斯[1]的方向。
太阳终于对大地露面，

---

1 科林斯（Corinth）：希腊一城市。

　　　　　　　　驱散那裹挟我们的云团。

　　　　　　　　幸亏他那及时降临的光芒，

　　　　　　　　狂涛巨浪渐趋平静，

　　　　　　　　我们发现两条船由远驰近，

　　　　　　　　一条来自科林斯，一条来自埃皮达鲁斯[1]。

　　　　　　　　可是未等它们靠近——唉，别再让我说了，

　　　　　　　　您根据我前面的话，自己就能推想出结果！

公爵　　　　不，老人家，你不要停，说下去。

　　　　　　　　我们虽不能赦免你，却能怜悯你。

伊勤　　　　唉！若是天神们也能怜悯我，

　　　　　　　　我就不会怨恨他们残忍不仁了。

　　　　　　　　那两船离我们不过十里格的时候，

　　　　　　　　我们的船遇上了一块巨礁，

　　　　　　　　风把船猛地抛向那块巨石，

　　　　　　　　我们赖以逃命的船儿从中间断裂，

　　　　　　　　一家人就这样被迫生生离散。

　　　　　　　　命运给了我们夫妻二人

　　　　　　　　同样的欣慰和同样的哀怨。

　　　　　　　　我可怜的妻子虽然和我一样心情悲痛，

　　　　　　　　但她所在的那半破船好像分量较轻，

　　　　　　　　便被风更快地吹向远处。

　　　　　　　　我亲眼看着他们三人

　　　　　　　　被我们猜测是科林斯的渔夫救起。

1　埃皮达鲁斯（Epidaurus）：很可能是指亚得里亚海沿岸的一个港口城市，北邻杜布罗夫尼克城（Dubrovnik，当时属于伊利里亚 [Illyria]，今属克罗地亚 [Croatia]）。希腊另有同名城市，以圆形露天竞技场闻名。

后来，另一条船救起我们三人。

恩人们知道了我们的身份，

对我们三人招待十分殷勤。

救我们的这条船若不是又小又慢，

本能够追上那条渔船，帮我全家团圆。

于是他们调转航向，驶回家乡。

我的幸福生活就这样骤然中断，

我在厄运中煎熬了这么多年，

到今天才能诉说我一生的苦难。

公爵 为了那些你最悲痛顾念的家人，

请你详细告诉我

你和孩子们后来都经历了什么？

伊勤 我那历来最受疼爱的小儿子 [1]，

长到十八岁时开始打听他兄弟的下落。

他的仆人和他一样失去了兄弟，

他俩却都取了兄弟的名字。

我的儿子不断向我哀求，

要我允许他俩一起去找寻他们的兄弟。

我虽然非常想念失散多年的那个儿子，

但又唯恐再次失去身边的爱子。

五年来我都在希腊最偏远的边境，

走遍了希腊在亚洲的每一寸国土；

我明知找寻无望，

也不肯放过任何有人烟的地方。

今天来到以弗所，是因我要沿着海岸返回家乡。

---

1 根据上文，此处应为大儿子。"小儿子"疑为原作者笔误。——译者附注

可我就要命丧于此，
倘若这万里奔波能证明他们尚且活着，
哪怕我立即死去，心中也无比快乐。

公爵 不幸的伊勤，命运之神注定让你
经历这人间极端不堪的惨痛遭遇。
相信我，若不是我邦的法律、
我的君位、誓言和尊严不允许——
即便君王有意，这些也无法废弃——
我的灵魂一定会替你申诉，称你无罪。
虽然你已经被判处死罪，
虽然宣布了的判决无法收回，
但若能保持我邦令名不蒙损失，
我愿尽力为你提供支持。
因此，商人，我给你一天期限，
允许你在以弗所的一切朋友中间
寻找有益援助，替你赎买性命。
你无论乞讨还是借钱，都要凑足赎金，
做到了便可活命；否则只剩死路一条。
狱卒，把他押下去。

狱卒 遵命，大人。

伊勤 伊勤茫然四顾，无望又无助，
救赎只是延长这人生悲苦！

众人下

第二场 / 景同前

叙拉古的安提福勒斯、以弗所一商人与叙拉古的德洛米奥上 [1]

以弗所商人甲 所以你要说自己来自埃庇丹农，

否则他们很快就会没收你的货物。

今天就有一个叙拉古的商人

因为非法入境被抓捕。

他交不出钱来赎命，

按照我们这里的法律，

就得在残阳西落之前被处死。

这是你让我替你保管的钱。（递过钱）

叙安 （对德洛米奥）德洛米奥，把钱拿到我们住宿的人马旅店，

待在那里，等我回去。

现在距吃饭 [2] 还有近一个小时，

我要到街市上转转，

看看这儿的建筑和商贩，

然后就回旅店去休息。

走了这么远的路，我已身僵体倦。

你走吧。

叙德 兜里揣着这么多钱，

多少人都会听从您的话离开，一去不返！ 下

1　安提福勒斯（Antipholus）:该词由两个希腊语词（*anti* 和 *phila*）拼合而成，意为"对立的爱"。
　　对开本上场提示称他为 Antipholis Erotes（爱神安提福勒斯），Erotes 一词让人联想到拉丁语
　　erratus，后者意为"漫游者"。德洛米奥（Dromio）：原文是希腊语词，意为"听差"。

2　即午餐。

叙安	先生，我这个仆人非常可靠，
	每当我心事重重、忧伤烦恼，
	他都会讲些笑话让我心情转好。
	您愿不愿意陪我上街看看，
	然后回旅店和我一起吃饭？
以弗所商人甲	先生，我感到非常抱歉，
	因为已经跟别人有约，
	我想跟他们做成些买卖。
	五点钟左右，我去市场见您，
	然后一直陪您，直到就寝时间。
	我得马上走了。
叙安	好吧，我们到时再见。
	我要去街上走走，看看市面。
以弗所商人甲	先生，希望您玩得愉快。 下
叙安	他祝我玩得愉快，
	可我却根本愉快不起来。
	在这世上，我就像一颗水滴，
	在茫茫海洋中寻找另外一滴。
	它落到海里来把同伴寻觅，
	冒冒失失，处处查访，连自己都已迷失。
	我就这样为了找到母亲和兄弟，
	到处搜求，厄运忧困，今已失路流离。

以弗所的德洛米奥上

　　　　　记载我真实年龄的日历 [1] 来了。——
　　　　　你怎么了？怎么这么快就回来了？

1　安提福勒斯与德洛米奥同年同月同日出生，所以把他看成判断自己年龄的活日历。

以德	这么快就回来？怕是我来得太迟了！
	小鸡烤煳了，猪肉从扦子上掉下来了，
	钟已经敲响十二点，
	太太扇了我的脸。
	她大发雷霆是因为肉凉了，
	肉凉了是因为您老不回家，
	您老不回家是因为您没有胃口，
	您没有胃口是因为您吃了早饭：
	我们这些人都懂禁食和祷告[1]是什么，
	今天却要为了您的错悔过[2]。
叙安	别再胡说了，小子。告诉我，
	你把我给你的钱放在哪儿了？
以德	噢，上礼拜三的那个六便士吗？
	我拿去马具商那儿给太太买马尾带的那枚？
	在马具商手里，我这儿没有了。
叙安	我现在心情可不好，
	别说笑了，快告诉我，钱在哪儿？
	这儿可不是咱们家乡，你怎敢把如此重任
	放心大胆地交给陌生人？
以德	老爷，您还是把笑话留到饭桌上说吧，
	太太让我来叫您立刻回家，
	您不回去的话，我就会被"立刻[3]"啦——
	她会把您的过错刻上我的脑瓜。

1 禁食和祷告都是表示忏悔的行为。
2 即禁食。
3 刻：此处暗指痛打。——译者附注

　　　　　　我想您的肚子跟我的一样，能当钟表，

　　　　　　到点就叫您回家，不需要别人来找。

叙安　　算了吧，德洛米奥，你开玩笑也得分清时候，

　　　　　　留到高兴的时刻再把包袱来抖。

　　　　　　快说，你把我给你的金币放在了哪里？

以德　　老爷，给我？您啥时候给过我金币？

叙安　　算啦！你这奴才，别犯蠢了，

　　　　　　告诉我你怎么办的那桩大事？

以德　　我的大事就是把您从市场上叫走，

　　　　　　带您回家，回凤凰商店，去吃饭，老爷，

　　　　　　太太和她妹妹正在家里把您等候。

叙安　　我可是个基督徒，你要老老实实回答我，

　　　　　　你把我的钱藏在什么安全的地方了？

　　　　　　你敢不说，我就捶碎你这欢快的脑壳，

　　　　　　让你看着我不高兴还满嘴胡说。

　　　　　　我交给你的一千马克在哪儿？

以德　　我脑袋上被您刻过，

　　　　　　肩膀上被太太刻过，

　　　　　　但你们的二位总共也没给过我一千马克，

　　　　　　要是我把您刻我的如数奉还，

　　　　　　可能您并不愿意耐心领受。

叙安　　太太刻过你？什么太太？哪儿来的太太？你这奴才！

以德　　是老爷您的妻子呀，就是在凤凰商店的我家太太。

　　　　　　您要是不回家，她就一直饿着不吃饭，

　　　　　　她请您赶紧回家和她一起吃饭。

叙安　　吓！你这奴才！我都说了不许胡说，

　　　　　　你还敢这么当面跟我混账！看我不把你的狗头打破！

（痛打德洛米奥）

以德	老爷，您什么意思？看在上帝分上，住手吧，
	您要是不住手，我可要逃跑了。　　　　　　　　下
叙安	我敢打赌，肯定是有人耍了花招，
	从这奴才手里骗光了我的钱。
	他们说这里到处都是圈套：
	手脚麻利的变戏法的会使障眼法，
	别有用心的术士会迷惑人心，
	夺人魂魄的巫师会残害人身，
	乔装打扮的骗子口若悬河、招摇撞骗，
	到处都是这道不尽的诡计骗局。
	要是果真如此，我得赶快离开。
	我要到人马旅店找这奴才。
	真担心我的钱已经遭灾。　　　　　　　　　　　下

第二幕

第一场 / 第二景

以弗所的安提福勒斯的妻子阿德里安娜与妻妹露西安娜上 [1]

阿德里安娜　我的丈夫和奴才都没有回来，

我不是派奴才赶紧去找他了吗？

没错，露西安娜，已经两点钟了！

露西安娜　也许某个商人邀请他了，

他们一起离开市场去吃饭了，

好姐姐，咱们吃饭吧，你别气恼了。

男人就是他自己的主人，

时间是他们的主人，他们认为合适的时候，

就会离开或回来。要真是如此，你耐心点吧，姐姐。

阿德里安娜　为什么他们的自由比我们多？

露西安娜　因为他们总是为了事务在外奔波。

阿德里安娜　瞧，每当我如此待他，他都很不高兴。

露西安娜　哦，你要知道，他就是你意愿的缰绳。

阿德里安娜　只有驴子才会对缰绳这样顺从。

露西安娜　啊，任性的自由会被勒束 [2] 得非常疼痛。

1　以弗所的安提福勒斯：对开本上场提示称之为 Antipholis Sereptus（被窃的安提福勒斯），surreptus 为拉丁语词，意为"被偷走的"。阿德里安娜（Adriana）：这个名字意为"深色的那个"，暗示她可能发肤颜色较深。露西安娜（Luciana）：这个名字意为"光明的那个"，暗示她可能是金发白肤。

2　原文为 lash，是双关语，指鞭打或约束。

在上天的眼里，地上、海里、空中的一切，

难道哪一样东西没有边界？

那些走兽、游鱼、长着翅膀的禽鸟，

难道不都是雌的受着雄的统治和主导？

人更为神圣，是所有动物的灵长，

主宰着迢遥辽远的世界和汹涌澎湃的海洋。

上天赋予他卓越的智慧和灵魂，

远远超过所有的游鱼和飞禽。

男人是统治女人的主人和君王，

你要顺从他们的旨意，不能违抗。

阿德里安娜　你不愿受到奴役，所以不肯结婚。

露西安娜　我不结婚是嫌夫妻之事烦心。

阿德里安娜　不，你结婚之后就会拥有权柄。

露西安娜　我在懂得爱之前，要先学会顺从。

阿德里安娜　若你丈夫移情别恋，你该怎么办？

露西安娜　我会隐忍克制，等待他心回意转。

阿德里安娜　耐心如磐石！难怪她在婚事上这么犹豫。

若没有特别变故，人人都会谦恭柔煦。

对着那饱经磨难、伤痕累累的可怜人，

我们说：别叫冤了，不要再怨天尤神！

可当我们遭到同样的苦难，满心凄惨，

定然也会一样，甚至更加激烈地呼喊。

你还未受到狠心丈夫的无情伤害，

才会这般劝慰我给他无用的忍耐。

可一旦你受到了同我一样的虐待，

便再也不会如此愚蠢地将我劝诫。

露西安娜　好吧，我终有出嫁的一天，看看婚姻的真面。

你家的仆人回来了，你的丈夫也不会太远。

以弗所的德洛米奥上

阿德里安娜	喂，你的主子慢得像头牛，他快到了吗？
以德	岂止像头牛？他的牛劲儿大得很哩！ 我这俩耳朵可以作证。
阿德里安娜	喂，你跟他说话没有？你打听出他的心思了吗？
以德	说啦，打啦！他把心思传达给我的耳朵了，去他的手！ 我可弄不懂他的心思。
露西安娜	他没说清楚，所以你没领会他的意思吗？
以德	不，他清清楚楚地狠揍了我一通。我虽然领会不到为啥， 但完全领会到了他的劲儿有多大。
阿德里安娜	哎，请你快说，他要回来了吗？ 他像是个疼爱妻子的好丈夫！
以德	啊哟，太太，我主人一定是疯了，眼珠子比绿帽子还绿。
阿德里安娜	比绿帽子还绿？你这奴才！
以德	我不是说他戴着绿帽子，但他确实疯得眼珠子都绿了。 我叫他回家来吃饭， 他管我要一千金马克。 我说："该吃饭了。"他说："把金币还我！" 我说："肉都烤煳了。"他说："把金币还我！" 我说："您赶紧回家吧。"他说："把金币还我！" "奴才，我刚才给你的一千马克呢？" 我说："猪肉烤好了。"他说："把金币还我！" 我说："老爷，太太让您回去。""去你的，你家太太！ 我不认识你家太太，让她滚一边去！"
露西安娜	这是谁说的？
以德	我家主人说的。

他说："什么家？什么妻子？什么太太？我一样都没有！"
这样，我要干的差事，要送的口信，
都让他打回到我肩膀上，带回来了。
他最后打的，确实是我的肩膀。

阿德里安娜	（痛打他）奴才，你再去一趟，给我把他弄回来。
以德	还去？让他再给我来一顿狠揍？
	看在上帝分上，您还是另请高明吧。
阿德里安娜	快去，奴才；不去，我打破你的脑瓜！
以德	他准会从那边再给我来上一下。
	你们俩一人一下，我的脑袋就得两边开花！
阿德里安娜	蠢货，少啰唆！去把你主人叫回来！
以德	难道我对你们就像这样直来直去吗？
	把我当个球似的想踢就踢，想踹就踹。
	你从这里踢过去，他从那里踹回来。
	你们要想我挺过这活计，就得弄张皮给我穿戴。　　　下
露西安娜	（对阿德里安娜）得啦！瞧你急得那满脸怒气！
阿德里安娜	他[1]整日陪着那帮婊子花天酒地，
	我却待在家里渴盼着他的一丝微笑。
	难道逝水年华夺走了我的迷人美貌？
	不，是他挥霍了我的青春使我憔悴。
	难道他嫌我的头脑空洞、谈吐乏味？
	如果说我的巧言利口已经惨遭损毁，
	是因为他的冷酷无情能把磐石碾碎。
	难道娼妇的锦衣绣裙勾了他的心魂？
	错不在我，他管着我家的每分金银。

1　指她丈夫安提福勒斯。

　　　　　　　我遭到的种种摧残，哪样与他无关？
　　　　　　　都是他导致我花容枯萎、玉面暗淡。
　　　　　　　只要他肯向我施以愉悦的惊鸿一顾，
　　　　　　　我那渐衰的风华必将迅速焕发如初。
　　　　　　　可这头任性的鹿儿已经把围篱撞倒，
　　　　　　　他吃惯野食，哪里愿来啃我这败草？
露西安娜　　嫉妒只会伤害你自己！你要战胜它！
阿德里安娜　能受如此委屈的只有蠢透的呆瓜。
　　　　　　　我知道他定是在别处大献殷勤。
　　　　　　　否则还有什么妨碍他返回家门？
　　　　　　　妹妹，他许诺要送我一条项链，
　　　　　　　可我宁愿他回家与我常相陪伴，
　　　　　　　唯愿他肯好好守住自己的床笫。[1]
　　　　　　　珠宝[2]怎么涂彩上釉都不耐磨洗，
　　　　　　　真金[3]色泽纯粹，任凭雨打风吹，
　　　　　　　虽然经常来试[4]，真金也会损费[5]。
　　　　　　　所有连篇的谎言和堕落的行径，
　　　　　　　都败坏不了正直君子的好名声。
　　　　　　　可我的容貌吸引不来他的目光，
　　　　　　　只好悲叹这面残颜，悲泣而亡。
露西安娜　　有多少傻瓜都成了疯狂嫉妒的俘虏？　　　　　　　　同下

1　即保持忠贞。
2　喻指婚姻以外的女人。
3　喻指妻子。
4　要检验金子的品质，得用试金石来摩擦。此处喻指性爱抚行为。
5　双关语，暗指在情妇或娼妓身上花光钱财。

第二场 / 第三景

叙拉古的安提福勒斯上

叙安　　　我给德洛米奥的钱好好地存在人马旅店。
　　　　　我那谨慎的奴才向旅店老板打听过，
　　　　　根据他的回答猜测我的去向，
　　　　　随后就出去认真地把我寻找。
　　　　　自从我在市场上打发走德洛米奥，
　　　　　还没有跟他说过话。瞧，他来了。

叙拉古的德洛米奥上

　　　　　小子，你那欢快的好心情变了没有？
　　　　　你喜欢挨揍的话，还来跟我开玩笑吧。
　　　　　你不知道什么人马旅店？没有拿过钱？
　　　　　太太让你来叫我回家吃饭？
　　　　　我家叫什么凤凰商店？
　　　　　你疯了吗？对我说了那一大串疯话？

叙德　　　老爷，我说什么了？我什么时候说过这些话？

叙安　　　就是刚才，就在这儿，不到半小时以前。

叙德　　　您把钱交给我，让我带回人马旅店，
　　　　　从那以后，我还没跟您见过面。

叙安　　　混蛋，刚才你不承认我给过你钱，
　　　　　还说什么太太、什么回家吃饭的混话，
　　　　　你知道我有多生气了吧！

叙德　　　看到您心情这么愉快，我很高兴。
　　　　　可这玩笑是啥意思？主人，请您告诉我吧。

叙安	啊？你还在装傻充愣，当面戏弄我吗？
	你觉得我是在跟你开玩笑？得了吧！吃我一拳，再吃一
	拳！（痛打德洛米奥）
叙德	等等，老爷！看在上帝的分上！您这玩笑开定啦[1]，
	您这么揍我为的究竟是哪宗？
叙安	因为我不拘礼节，
	经常跟你说笑，
	你就这么鲁莽无礼，轻视我对你的情谊。
	你打搅我的大事正事，似乎它们无足轻重，
	阳光灿烂的时候，愚蠢的蠓虫可出来消遣，
	可一旦太阳隐藏，它们就要躲进缝洞隙间。
	你要想玩闹，得先看看我的面相。
	看我的脸色调整你的言行。
	否则我就把这套规矩打进你的脑壳。
叙德	难道我的脑壳像城堡？您停手吧，我要保全这个脑袋。您
	要是再一个劲地攻打，我就得赶紧弄个壳来保护它。不然
	我就得去我的肩膀里面寻找理智了。老爷，求您告诉我，
	我到底为什么挨打？
叙安	你不知道吗？
叙德	不知道，老爷。我只知道我挨打了。
叙安	难道要我来告诉你为什么？
叙德	是呀，老爷，为什么？人们说，每个为什么都有原因。
叙安	先说为什么，为的是你嘲弄我；然后说原因，因为你嘲弄
	一次还不够，竟然再次嘲弄我。
叙德	世上还有谁像这般无辜地遭到痛打，可为什么也好、原因

---

1 双关语，暗指定金、保证金。

也罢，全叫人如坠云雾、莫名惊诧。好了，老爷，我谢谢您啦。

叙安　谢我？小子，谢我什么？

叙德　哎呀[1]，老爷，我谢谢您对我无故行赏。

叙安　以后我再让你补偿，你有了功，我也不行赏。喂，小子，该吃午饭了吗？

叙德　还不该，老爷。我觉得肉上还缺一样我有的东西。

叙安　真的？缺什么？

叙德　打油。[2]

叙安　好吧，小子，那样肉就会烤干。

叙德　那样的话，求您就别吃了。

叙安　为什么？

叙德　我怕您吃了肝火更旺，又让我干吃一顿毒打。

叙安　好吧，小子，你开玩笑也要挑时候，要懂得什么时机适合做什么事。

叙德　刚才您要不是那么火冒三丈，我或许要斗胆否定您的说法。

叙安　小子，你的根据是什么？

叙德　哎呀，老爷，我的根据跟时光老人的秃脑袋[3]一样明明白白。

叙安　说来听听。

叙德　一个天然秃头的人，就没有机会再长出头发来。

叙安　他不能通过与别人达成转让协议的办法来获得头发吗？

叙德　对，缴纳费用买个假发，合法接戴别人丧失的头发[4]。

1　原文 Marry，注解为 by the Virgin Mary（以圣母马利亚之名）。——译者附注
2　双关语，明指在肉上涂油以防烤干，暗指挨打。
3　时光老人通常被描绘成一个秃顶的老人，仅额前留一缕头发。
4　原文中的 hair（头发）与 heir（继承人）谐音，一语双关。

叙安	为什么时光老人这么吝惜头发呢？毛发只是一种副产品罢了，长得又多又快。
叙德	因为他把大量的毛发都赏赐给禽兽了。他给予人类的毛发虽然有限，但给予他们的才能却很多。
叙安	可是，许多人毛发比才具多。
叙德	那些人没有一个不善用才具、"精明绝顶"。[1]
叙安	哎哟，照你这话，毛发茂密的人都是没有才具、赤裸裸的好色之徒喽。
叙德	越是赤裸裸的好色之徒，毛发光秃得越快。他在快活中掉光了毛发。
叙安	那是什么原因？
叙德	原因有俩[2]，又足又大。
叙安	不对，不够强大，我求你啦。
叙德	它们准确可靠。
叙安	不对，在虚情假意的世道[3]里，它们丝毫不可靠。
叙德	它们千真万确。
叙安	好吧，你说说看。
叙德	第一，他可以省掉打理毛发的花销。第二，他吃饭的时候头发不会掉到汤碗里。
叙安	你说了这半天，是想证明不是做什么事情都有合适的时机。
叙德	哎呀，没错，老爷。我证明了，天生就没头发的人根本没有时机再长出头发。
叙安	可你的证据并不充分，没能说明为什么他没有机会再长头发。

1　这是一句反语讽刺。患上梅毒的症状之一就是秃头。"才具"或是双关，暗指阳具。
2　双关语，暗指睾丸。
3　双关语，暗指不贞妇女的阴户。

叙德　　　那我补充一点：时光老人自己就是光头，所以永远会有秃子秃孙，直到世界末日。

叙安　　　我早就知道，你的结论也会是秃头秃脑的。等一下，那边是谁在朝我们招手？

阿德里安娜招手与露西安娜上

阿德里安娜　行啊，安提福勒斯，你就尽管绷着脸假装不认识我吧！

你把甜蜜的笑脸都送给了别的女人。

我不是阿德里安娜，也不是你的妻子，

你曾经多么主动地信誓旦旦，

说什么

只有我说的话你才觉得动听悦耳，

只有我看过的东西你才觉得赏心悦目，

只有拉着我的手你才觉得心满意足，

只有我打开的肉 [1] 你才觉得甘美可口。

可事到如今，我的夫君啊，到如今，

那一切誓言怎么都已烟消云散？

你整个人都变了，与我形同陌路。

我俩已经合为一体，不可分离，

我是你的另一半自己，你对自己怎能如此冰脸冷意？

我比你那些珍贵的品质更为优异。

啊，我的爱人，你不要从我身边逃去。

你能否让一滴水坠入大海，

再一丝不增、一丝不减，

原封不动地从那里把它取出来？

你我就像那海水，一旦交融，

---

1 双关语，明指切肉，暗指行夫妻之事。

将你中有我，我中有你，再也无法分拆。

倘若你听说我恣意放浪，

任由那凶悍无边的情欲，

把这奉献给你的身体弄脏，

你的心腑该遭受多么痛彻的摧伤！

难道你不会唾弃我、踢打我，

当面痛骂我羞辱了自己的丈夫？

不会撕扯我那涂脂抹粉的娼妓脸皮？

不会从我那不贞的手上夺下婚戒，

一边发誓离婚一边把它砸烂？

我知道你会这样做，因而一定要你这样做。

我身上布满了淫行的污浊，

血液里流淌着情欲的罪恶。[1]

因为如果你我乃是一体，你拈花惹草，

我就会吸收你肉体里的毒素，受传染变成娼妇。

你要守身如玉，停止和你真正婚床的斗争，

那样我就会保全清白，而你也会恢复清名。

叙安　　　　您是在和我说话吗，美丽的夫人？我不认识您。

我来以弗所才刚两个小时，

对您的话和这座城市一样感到陌生。

我认真思考了您说的每个词，

可仍然一点也理解不了。

露西安娜　　得了吧，姐夫！你怎么完全变了一个人？

你从什么时候开始这般对待我姐姐？

她刚刚还让德洛米奥叫你回家吃饭呢。

1　当时英国人认为，性行为中双方的血液会彼此混合。

叙安	让德洛米奥叫我？
叙德	让我？
阿德里安娜	是啊，让你叫他。你回家来告诉我，
	说他不但打了你，而且边打边说，
	他哪儿有什么家，哪儿有什么老婆。
叙安	小子，你跟这位女士说过话吗？
	你们约好这么做吗？为了什么目的？
叙德	我吗，老爷？我从来没有见过她。
叙安	混账奴才，你还说谎！她说的每句话，
	都和你那会儿在市场上对我讲的一样！
叙德	我这辈子都没跟她说过话呀。
叙安	那她怎么叫得出我俩的名字？
	除非她会什么神奇的魔法。
阿德里安娜	你这么公然地和仆人充愣装傻，
	多么恶劣地作践了你高贵的身价！
	你让他趁着我发怒阻挠我的计划。
	就算是我犯了错误让你负气离家，
	也不能一伤再伤，继续把我慢狎。
	(拽住其衣袖) 来吧，我要牢牢抓住你的衣袖筒，
	夫君，你是参天榆，我是葡萄藤，
	用我纤纤弱体紧紧偎依你的强干，
	让我和你一起享受那艳阳与蓝天。
	若有物把你夺去，那必定是垃圾，
	是险恶卑贱的藤萝、苔藓与荆棘。
	它们从不修剪，肆意把你来吞占，
	污染你的汁液，终致你彻底腐烂。
叙安	(旁白) 她在对我说话，句句让我感动，

难道说，我在梦里已与她把婚成？

还是我正昏睡，把梦境当了真听？

什么错觉令我耳目都出了毛病？

让我跟这突现的幻觉继续游戏，

直到勘破整场千真万确的迷局。

露西安娜　德洛米奥，你去吩咐家仆快将饭菜准备。

叙德　（画十字）哦，看在我的念珠分上！我画个十字表示忏悔。

这里难道是仙境！哦，不幸中的不幸，

我们遇到了些妖怪、猫头鹰[1] 和精灵。

若是不顺从，定然会落得悲惨下场：

它们会吸光我们的阳气，把我们拧得遍体鳞伤。

露西安娜　你怎么光在那里嘟囔，不回答我？

德洛米奥，你这个蜗牛！懒虫！蠢货！

叙德　我变形了吗？主人，快告诉我。

叙安　我想你的脑子变形了，我的也变了。

叙德　不，主人，我的脑子和身体都变形了。

叙安　你身体还是老样子。

叙德　不，我成猴子了。

露西安娜　你要变什么的话，只能变成一头驴。

叙德　没错。她牵着我的缰绳，可我只想去草地。

对，我是头驴，就是一头驴，

可我不认识她，而她认得我。

阿德里安娜　好啦，好啦，我再也不犯傻，

孩子似的掩面哭泣、泪流满颊，

让你们主仆把我的悲伤当笑话。

1　人们认为，有时猫头鹰跟巫术和罪恶有关。

走吧，老爷，我们去吃饭。——德洛米奥，你看好门。——

夫君，今天我要和你一起在楼上吃饭。

听你忏悔你的一千宗无聊胡搞。

小子，若有人问你主人在哪里，

就说他出去吃饭了，别放任何人进来。

走吧，妹妹。——德洛米奥，看好门。

叙安　　　　　（旁白）我这是在人间？在天堂？还是在地狱？

我是睡还是醒？是已经发了疯还是头脑清醒？

她们认识我，而我却不认识自己！

她们怎么说，我就怎么说。对，就这么办。

在这团迷雾中，大胆经历奇特新生活。

叙德　　　　　主人，我该不该守在大门口？

阿德里安娜　　对，别让人进来；否则，我就打破你的狗头。

露西安娜　　　快走吧，安提福勒斯，我们已经误了饭点。

众人下。叙拉古的德洛米奥留场守门

第三幕

第一场　/　景同前

以弗所的安提福勒斯、其仆从以弗所的德洛米奥、金匠安哲鲁与商人鲍尔萨泽上

以安　　　尊敬的安哲鲁先生，请您原谅我们大家，

我要是不按时回家，我的妻子就会雷霆大发。

您就说我一直待在您的金店，

看着您给她做镶珠宝的项链，

明天您就能交给她亲手查验。

但这个坏蛋放肆地反驳我说：

他在市场上遇见了我，我不但揍了他，

还给了他一千金马克；

还说我不承认已经娶妻成家。

你这醉鬼，你说这些，到底是什么意思？

以德　　　老爷，您爱怎么说就怎么说，可我只是实话实说。

您在市场上打了我，我这儿可印着您的手艺。

要是我的皮肤是一张羊皮纸，您的拳头是墨水，

您的手迹会告诉您，是什么在我脑袋里放光辉。

以安　　　我看你就是一头驴。

以德　　　唉哟，我蒙冤遭屈，

挨打受骂，确实就像一头驴。

我挨了踢，真该踢还回去。一旦把我逼急，

您就要远离我的驴蹄子，小心我的驴脾气。

以安　　　鲍尔萨泽先生，您脸色阴沉。神灵保佑，

愿我家的酒宴足以表达我的善意和对您的热烈欢迎。

鲍尔萨泽　先生，比起您餐桌上的佳肴，我更珍视您的盛情。

以安　哦，鲍尔萨泽先生，满桌的热烈欢迎

都当不了一盘精致可口的鱼肉鲜羹。

鲍尔萨泽　先生，好肉好饭并不罕见，所有乡下人都能置办。

以安　盛情更加常见，因为那不过是一番空言。

鲍尔萨泽　要成就一场欢宴，简朴饭菜和真诚招待足矣。

以安　是啊，小气的主人和节俭的客人会这样评判。

尽管我的菜肴简单，请您不要嫌弃，欣然就餐。

别处的酒宴可能更加丰盛，但都不及我的情真意坚。

（试着开门）

等等，我家的门上了锁。——（对德洛米奥）叫他们开门去。

以德　（呼唤）小莫、布丽琪、玛丽安、西塞莉、吉莲、小金[1]！

叙德　（在门后喊）傻瓜、笨蛋、蠢货、呆鸟、白痴、混球！

你给我乖乖坐在门边，要不就快快滚开！

你在这儿叫唤什么？拉皮条哪？[2]还叫一大群？！

一个都没有！滚，你快给我滚！

以德　这是哪个混蛋在咱家看门？竟让主人在街上等着！

叙德　叫他从哪儿来还回哪儿去，免得他的脚被冻豁。

以安　谁在里面说话？喂，快开门！

叙德　好吧，先生，你说明来意，我就给你开门。

以安　来意？来吃饭！我今天还没吃饭哪！

叙德　今天你可不能在这儿吃，改天再来吧！

以安　你是什么人，竟敢不让我进自己家门？

1　都是女仆名。

2　双关语，指召唤妓女接客或用魔法召唤妇女。

叙德	先生，我是德洛米奥，现在是这儿的看门人。
以德	啊？混蛋！你抢我的工作，还抢我的名字！
	这工作没给我带来过什么光彩，这名字也只令我挨骂受叱。
	如果你过一过德洛米奥今天的生活，
	准得换个脑袋，或者改名叫驴脑壳。

露丝自幕内或高台上，不让他人看到

露丝	德洛米奥，怎么那么吵？谁在门外？
以德	露丝，开门！让主人进去！
露丝	绝对不行。告诉你的主人，他来得太迟了。
以德	主啊！真是个大笑话！
	送你一句俗话——要我把大棒塞进去 ¹ 吗？
露丝	我也送你一句——没门！你这只癞蛤蟆！
叙德	如果你真是露丝的话——露丝，你的回答棒极啦！
以德	（对露丝）听好了，贱人，快来开门！
露丝	我已经答复过你了。
叙德	你说过：没门。
以德	来吧，来帮忙。（两人砸门）
	砸得好，这就叫一报还一报。
以安	（对露丝）臭婊子，快让我进去。
露丝	请问你干吗要进来？
以德	主人，撞得再狠点。
露丝	让他撞 ²，疼死活该！
以安	贱人，你等着！等我把门撞开，有你受的。

---

1 双关语，字面指毫不客气，暗指男性进行性行为。
2 双关语，或暗指性事。

露丝	你拿这话吓唬谁啊？你反正会披枷戴锁去游街[1]。

阿德里安娜同露丝自幕内或高台上

阿德里安娜	谁在门外嚷个没完？
叙德	我敢保证，你们这儿有一帮无赖流氓。
以安	老婆，你在里面吗？你真该早点出来。
阿德里安娜	混蛋！谁是你的老婆？快给我滚远点！ 与露丝下
以德	主人，您要是忍痛走开，这个"混蛋"就会痛苦难耐。
安哲鲁	先生，这里既没有酒宴，也没有盛情。我们有一样就行。
鲍尔萨泽	刚才还在讨论哪个好，现在两样都落空。
以德	主人，他们俩就站在门口，您要向他们表示欢迎。
以安	家里肯定发生了什么怪事，所以不让我们进去。
以德	您说的没错，主人。家里热饭热菜香味扑鼻， 您却薄衣单衫，冻在这冷风里面挨饿受气。 遭到这种待遇，哪个男人不会像头公鹿[2]，猛撞乱踢？
以安	给我找家伙，我要把门砸开。
叙德	你要敢砸烂任何东西，我就砸烂你这无赖的脑袋！
以德	主人，有人敢开口顶撞您，可大话与刮风无异。 嘿，他竟然当面说大话，而不是背地里放屁。
叙德	看来，你真想吃一通胖揍。还不快滚，蠢驴！
以德	你怎么一句一个"快滚"？求你让我进去。
叙德	好啊，等着吧，等到鸟儿没羽毛，鱼儿没有鳍。 下
以安	哼，我要破门而入。去给我找根大棍。

---

1 即受到公开惩罚。
2 双关语，暗指被戴绿帽。按照成年雄鹿的交配习性，一只雄鹿若被别的雄鹿打败，就会失去雌鹿。因此，在西方文化中常用"带着鹿角"来描述夫妻间遭到不忠配偶背叛的一方。——译者附注

以德	一个没毛的大隼[1]？主人，您果然当了真？
	有多少没鳍的鱼，就有多少没毛的鸟。
	等我们用棍砸开了门，小子[2]，咱俩就得捋捋这一地毛[3]。
以安	快去，找根铁棍来。
鲍尔萨泽	先生，息怒吧，别这样。
	这么吵闹会把您的名声败坏，
	还会让人怀疑您夫人的清白。
	一句话：多年来您跟她共同生活，
	最了解她的智慧、她的庄重不迫，
	她的岁数、她的正派、她的美德，
	定是另有隐情，她才出此下策。
	先生，别再疑神疑鬼、胡乱猜测，
	她自会把这事的原委细细诉说。
	您且听我一句劝，安静离开莫耽搁。
	咱们都到猛虎饭馆先吃饭，
	傍晚时分，您再自己把家还，
	询问她这番举动是为了哪般。
	这光天化日的，倘若您怒气冲冲把门砸烂，
	来来往往的人可都看得着、听得见。
	您哪知道人家怎么来想、怎么来传？
	庸民俗众最会流长飞短，
	群口造作碎语闲言，
	直将您的令名美誉寸寸污染。

---

1 德洛米奥是在故意打岔。
2 这话是对叙拉古的德洛米奥说的。
3 比喻，指澄清这件事。

您去世之后，谣言还会在您墓顶盘旋。

只因为，诬谤伤人就靠代代相传，

一旦占得地盘，便会牢据其上永不退散。

以安　您说的没错，我要安静地离开。

虽然我满腔怒火，可还是想快活快活。

我认识一个小娘们儿，她能说会道，

机灵又漂亮，温柔又放浪。

咱们就去她那儿吃饭吧。对，就去她家。

我老婆经常责骂我为什么要去她那。

可我说呀，她的怀疑过了分。

今天咱们就去她家吃饭。——（对安哲鲁）您先回趟家

把那条项链取来。它现在应该已经打好了。

请您把它带到豪猪店来，

也就是那小娘们儿的家。我要把项链送给她。

我这么做不为别的，就是要报复我老婆。

好先生，您快点去吧。

既然自己家的大门¹不肯接纳²我，

我就要到别处撞撞，看它们会不会轻视我。

安哲鲁　等会儿我就到那酒家去找您。

以安　好的。这个玩笑会花去我一笔。 众人下

---

1 双关语，暗指女阴。
2 双关语，暗指性事。

第二场 / 景同前

露西安娜与叙拉古的安提福勒斯上

露西安娜　　安提福勒斯，难道你已彻底忘记丈夫的职分？

就在这爱情萌生的融融暖春，

难道你爱情的春芽已经破叶烂根？

难道爱的天堂未待建成就已败落毁损？

若你当初娶我姐姐为的是她的财产，

那就算为了财产你也要待她友善。

若你早已移情别恋，也要遮遮掩掩，

向这身边的人儿把殷勤假献。

莫让她看出你眼里的冷漠，

莫让你的口舌泄漏了你的堕落。

你要掖藏异心、言语温存、和颜悦色，

把淫邪乔装打扮成仁义道德。

即便你心灵龌龊，也要道貌岸然；

罪孽深重也要做出一派圣贤风范。

寻欢作乐瞒着她，哪需她知道你已背叛？

哪个笨贼会夸耀自己的罪行和污点？

你夜不归宿，还在饭桌上让她察觉你神情异常，

这更是错上加错、雪上加霜。

你若谨慎用心，无耻行为也会获得粗野荣光；

恶语相向只会令丑行如同疽上加疮。

唉，可怜的女人！我们多么容易相信别人。

你们一蒙哄，我们就相信你们是爱着我们。

别人占据了你们的臂弯，就把袖筒留给我们。

我们绕着你们旋转，你们决定着我们的升陨。

仁慈的姐夫啊，进屋去吧，

去安慰我姐姐，让她振作起来，叫她一声"我的真爱"。

若虚情假意的甜言蜜语能够平息争吵，

扯个小谎也算得上是高尚的调笑。

叙安　　美丽的女士，我不知道您的芳名，

也不知道您如何得知了我的名姓。

您姿仪万方、机敏聪颖，

堪比这世间的奇迹 [1]，超绝凡俗，登入圣境。

可敬的姑娘，请您开我唇齿、启我心扉，

我这凡夫的脑筋充满了种种错误愚昧。

我这个鄙薄浅陋之人请您恕罪，

您这番奇谈到底有着什么意味？

我的灵魂天生就坦荡纯粹，

您为何费心让它迷茫气馁？

您是神明吗？难道要把我重新塑造？

那就请吧，我愿任由您摆布。

但若那个我仍然作我，我必清楚知道：

我从未与您那泪人似的姐姐结成夫妻，

不需我到她床前把忠贞爱意勤表。

我满心满怀都是对您的爱慕！

亲爱的美人鱼，请不要用您那美妙的音符，

引诱我无可救药地坠入您姐姐的泪湖！ [2]

1　有说法称"世间的奇迹"暗指女王伊丽莎白一世。
2　在希腊神话中，美人鱼会用美妙的歌声诱惑水手，致他们死亡。

> 塞壬[1]啊，为您自己歌唱吧！我会沉迷于您的倾诉。
> 请把您的金发铺散在银光闪烁的海上，
> 让我滑入这张金波潋滟的温床。
> 心头萦绕着那旖旎婉丽的梦想，
> 我揣测，谁不愿死在这万般醉人的柔乡？[2]
> 爱情如若轻薄无力，就该让它自行沦亡。

露西安娜　你疯了吗？满嘴在胡说什么？

叙安　我没疯。我只是心儿迷醉，不知怎的。

露西安娜　你这样两眼放光乃是道德沦丧。

叙安　那是因为我站在美丽的太阳面前，凝视着她的光芒。

露西安娜　去凝视你应该凝视的人吧，她会擦亮你的眼睛。

叙安　亲爱的人儿啊，那还不如闭上眼睛，或把黑夜紧盯。

露西安娜　你为何这么叫我？应该这么去称呼我姐姐。

叙安　我要如此称呼您姐姐的妹妹。

露西安娜　你要这么叫我姐姐。

叙安　不，我叫的就是您。

> 您是我优美的另一半，与我心有灵犀一点相通；
> 您是我眼中的瞳仁，我真诚心灵中的最真心灵；
> 您是我的食粮、我的珍宝，我幸福的甜蜜归宿；
> 您是我在这尘世的天堂，是我登天的唯一通途。

露西安娜　这些话你不该对我说，要对我姐姐说。

叙安　亲爱的，叫您自己作姐姐吧，因为我就是您。

> 我会永远爱您，和您共度此生。

1　塞壬（Siren）是希腊神话中的女海妖，常用美妙歌声引诱水手，令船只触礁沉没。——译者附注
2　双关语，暗指性行为。

您还没有丈夫，我也未把家成。

来吧，让我握住您的手。

露西安娜　哎，等等！先生，你别乱来。

我要叫我姐姐来，看她怎么说。　　　　　　　　　　　　下

叙拉古的德洛米奥上，紧跑

叙安　喂，德洛米奥，怎么了？你慌慌张张地往哪儿去？

叙德　您认识我吗，先生？我是德洛米奥？您的仆人？我还是我自己吗？

叙安　你是德洛米奥。你是我的仆人。你就是你。

叙德　我是头驴，是一个女人的男人，反正不是我自己！

叙安　哪个女人的男人？你怎么就不是你自己了？

叙德　啊呀，老爷，我丢失了我自己！我属于一个女人，她说我是她的，她老缠着我，她要定 [1] 了我！

叙安　她凭什么说你属于她？

叙德　凭什么？哎呀，老爷，就像您说您的马属于您一样！她愿意要我，就像个畜生——啊，不是说我是个畜生，她愿意要我；而是说她就畜生一样兽性大发，说我属于她！

叙安　她是谁？

叙德　一个非常壮观的人。对，任何男人提起她这样的，都会说："请原谅。"这门亲事对我可没啥好处，但对她来说就是一桩肥差！

叙安　什么叫是桩肥差？

叙德　哎呀，老爷，她就是这儿的帮厨，浑身上下油脂麻花。我不知道该拿她做什么，只能做成一盏油灯，让我借着她的光赶紧逃开。我敢保证，她身上的破烂衣服和衣服里面的

1　指性方面的占有。

脂肪足足够点一个波兰的冬天[1]！如果她能活到世界末日[2]那天，会比全世界多燃烧一礼拜的时间！

叙安　她肤色如何？

叙德　她皮肤黝黑，就像我的鞋。可她的脸还不如我的鞋子干净。知道为什么吗？她身上的汗垢，有人踩上去的话，能没过鞋子！

叙安　这个问题，用水洗洗就解决了。

叙德　洗不掉的，都长在皮里头啦。挪亚的大洪水[3]也奈何不得。

叙安　她叫什么？

叙德　老爷，她叫艾米。可她的名字再加上二尺——二米二尺——也不及她的屁股宽。

叙安　那么，她长得相当宽啦？

叙德　她从头到脚的长度，比不过从她屁股的宽度。她长得滚圆，就像个地球。我能从她身上找出许多国家来。

叙安　爱尔兰在她身上那一块？

叙德　啊，老爷，就在她屁股上，那里有沼泽[4]。

叙安　苏格兰呢？

叙德　在她手心，那里光秃秃、干硬硬的。

叙安　法国在哪儿？

1　波兰的冬天很漫长，此处借指很长时间。

2　有许多宗教认为，世界末日到来时，神要对人类进行审判，善人升天接受永赏，恶人被扔进硫磺火湖接受永罚。——译者附注

3　据《圣经·创世纪》记载，地上的人越来越多，终日所思所行的都是恶，只有挪亚（Noah）是个义人。上帝决定以洪水毁灭世界，指示挪亚预先建造方舟，携家人和选定的动物借以避难。——译者附注

4　双关语，暗指后阴。

叙德	在她额头上。它全副武装，为收复失地[1]，跟她的头发开仗。
叙安	英格兰呢？
叙德	我想寻找那些白崖[2]，但找到的悬崖却一点都不白。可我估计英格兰在她的下巴上，因为它隔着那道咸水[3]与法国对望。
叙安	西班牙呢？
叙德	说实在的，我没有看到它，但我在她那辛辣刺鼻的呼吸中感受到了它。
叙安	美洲和西印度群岛呢？
叙德	哦，老爷，在她的鼻子上。那里遍布着红宝石、红美玉、蓝宝石[4]，傲视着西班牙的热辣气息。西班牙派遣了大批武装舰队到她的鼻子上装载宝物去了。
叙安	比利时和荷兰[5]在哪儿？
叙德	哎呀，老爷，我可没有看那么低的地方。总之，这个厨子婆或巫婆说我属于她。她叫得出我的名字德洛米奥，还发誓说我已经答应娶她。她竟然对我浑身上下的私密记号了如指掌！她说，我肩膀上有块斑，脖子上有颗痣，左胳膊上有个大疣子。可吓死我了！她莫非是个巫婆？我赶紧逃出来了。我想，要不是我敬信神明，意志像钢铁一般坚硬，她早把我变成一条截短了尾巴的狗，让我跑转轮[6]去了。
叙安	去吧，你立刻上路，到港口去。

1 很可能指梅毒的杨梅疮和脱发症状。
2 指英吉利海峡最窄处多佛海峡沿岸的白垩悬崖，是英格兰的象征。此处为双关语，暗指牙齿。
3 指英吉利海峡。此处为双关语，暗指鼻涕或眼泪。
4 双关语，暗指她鼻子上的红酒刺、红痈和青脓包。
5 这两国都属于低地国家。此语也带双关，暗指外阴部分。
6 让狗跑转轮是为了带动烤肉叉旋转。——译者附注

如果风向适合出海，

我就不在这个城市过夜。

如果有船要扬帆出发，就到市场上找我。

我会在那里等你。

要是谁都认识咱们，可咱们谁都不认识，

咱们就该收拾行装走人，事不宜迟。

叙德　人见了熊就得赶紧把命逃，

我见了要做我媳妇的帮厨也得逃之夭夭。

下

叙安　这儿都是些巫师巫婆，

所以我要赶快逃离。

说我是她丈夫的那个女人，

连我的灵魂都对她充满厌恶。

可她妹妹却如此温柔美丽、风度绝妙，

举止谈吐都令人心醉魂销，

我几乎情不自禁深受吸引。

我要塞住耳朵，不听塞壬那魅惑的歌，

免得身不由己铸成大错。

安哲鲁携项链上

安哲鲁　安提福勒斯先生！

叙安　呃，那正是我的名字。

安哲鲁　我对您的名字太熟悉啦。瞧，项链做好了。（递过项链）

我本来想按您所说送到豪猪店，

可项链还没完工，我就等了许久。

叙安　您要我拿这项链做什么？

安哲鲁　您爱做什么就做什么，先生。是您要我做的。

叙安　我要您做的？先生，我没有订做过啊。

安哲鲁　您跟我说过不是一次两次，而是足有二十次。

拿回家去让您夫人高兴高兴吧，
待会儿晚饭时分我再来拜访您，
那时再请您付清项链的款项。
叙安　先生，还是请您现在就取走货款吧，
免得您丢了项链又取不到货款。
安哲鲁　您可真会开玩笑，先生。再见。　　　　　　　　下
叙安　这是怎么回事？我脑子里一片茫然！
不过，有人送来这么漂亮的一条金项链，
谁会傻到上门的便宜不去捡？
我看这里的人们谋生不必动脑筋，
走在街上就有人主动给你送金银。
我要去市场，在那儿等德洛米奥，
一等有船出港，我们就赶紧走掉。　　　　　　　　下

第 四 幕

第一场 / 第四景

商人乙、金匠安哲鲁与一衙役上

商人乙 （对安哲鲁）您知道，您的借款在五旬节 [1] 就到期了。

我从来没有催您还款，现在也不愿意催。

但我就要乘船去往波斯，

需要准备一程的路费。

所以请您立即把欠款付清，

否则，我就只好请这位官差把您带走。

安哲鲁 我所欠你的这笔钱款，

正好跟安提福勒斯欠我的相等。

就在我遇到您之前，

他刚从我这儿拿走了一条项链。

今晚五点，他就会给我货款。

请跟我一起去趟他家，

我就可以还清欠款，并感谢您的帮助。

以弗所的安提福勒斯与德洛米奥自妓女家走出来，上

衙役 你们不必跑一趟了。瞧，他来了。

以安 我要去金匠那儿，

你去买根短鞭。

我要治治我的妻子和她的帮手，

---

1 五旬节（Pentecost）是基督教节日，又译"圣灵降临节"。

	叫他们大白天把我锁在门外出丑。
	等等，我看到金匠了，你走吧。
	记着给我买条短鞭，带回家去。
以德	我去买根短鞭，每年能买出一千磅来。[1]　　　　　　下
以安	（对安哲鲁）谁敢托付您什么事，真算是撞大运了：
	我说了让您带着项链来，
	可我既没等到项链，也没等到金匠。
	您是认为咱们的友情一旦让链子锁住，
	会再也拆不开，所以就不来了？
安哲鲁	您净说笑话。瞧这张票。（亮出一张纸）
	票上写清了您那条项链打成后的准确重量，
	还有金子的成色和精湛的工艺，
	总价比我欠这位先生的借款
	多出三个金币多一点儿。
	他的船立即就要出发，急需用钱，
	请您这就把钱直接付给他吧。
以安	我身上没带那么多现钱，
	还要在城里办些事。
	好心的先生，请您带这位客人到我家去，
	把项链交给我太太，
	让她按收据付清款项。
	或许我很快就能到家，赶上你们。
安哲鲁	那么您还是自己把项链交给她吧。

1　这句意思有些模糊。有可能是原文中的 pound 一词双关，暗指"打"；也有可能是德洛米奥故意拖泥带水地表示，能买条短鞭来行罚，如同每年给他一千英镑那样让他高兴。——译者附注

以安	算了，还是您带着吧，免得我回去晚了。
安哲鲁	那好吧，先生。您随身带着项链吧？
以安	我手里没有项链，先生，我希望您有。
	否则您就拿不到钱，得空手而归了。
安哲鲁	好了，我恳求您，先生，把项链给我吧。
	现在顺风顺水，这位先生正好可以登船。
	我已经很不好意思地耽搁他好久了。
以安	上帝啊！您这么说笑一通，
	难道就是为了掩盖不去豪猪店赴约的事？
	本该我来谴责您为什么没把项链带去，
	可您倒像个泼妇一般先吵闹起来。
商人乙	（对安哲鲁）时间溜得飞快，先生，请您快点吧。
安哲鲁	您听到了，他在催我呢——快给我项链吧！
以安	哎呀，把项链给我太太，您就可以拿到钱啦。
安哲鲁	好了好了，您知道我刚才已经把项链给您了。
	您或者给我项链，或者给我个凭据，让我交给您太太。
以安	呸！您这玩笑开过头了。
	您说，项链在哪儿？请您让我看看。
商人乙	我可没工夫听你们说笑。
	先生，您直说，肯不肯替他还钱给我？
	如果您不肯，我就把他交给官差了。
以安	我替他还钱给您？我替他还哪门子钱？
安哲鲁	就是您欠我的项链钱。
以安	我没拿到项链之前，什么都不欠您的。
安哲鲁	您很清楚，半小时前我把项链给您了。
以安	您什么都没给我，您这么说完全是在冤枉我。
安哲鲁	您不承认拿到过项链，更加冤枉我。

您想想这会对我的信誉造成多大的影响吧!

商人乙 好吧,官差,我告他欠钱不还,请把他抓起来。

衙役 (对安哲鲁)好,我以公爵的名义命令你,听我指挥,不许反抗。

安哲鲁 (对安提福勒斯)这真让我名声扫地!
您要么同意替我还上这笔借款,
要么让我请这位官差把你逮捕。

以安 让我同意白给你钱?
逮捕我吧,你这蠢货,我看你有没有胆。

安哲鲁 这是给你的酒钱 [1]。(递过钱)逮捕他吧,官差。
这么公然蔑视我,就算是我的亲兄弟,
我也不能放过他!

衙役 (对安提福勒斯)你听到他的话了,先生,我要逮捕你。

以安 好,在交上保释金之前,我听你的。——
但是,你小子听着,你要为这个玩笑付出惨重代价,
我会让你赔个荡产倾家。

安哲鲁 好啦,先生,以弗所可是个法治城市,
我毫不怀疑,你会臭名昭著。

叙拉古的德洛米奥从港口归来,上

叙德 主人,有一艘埃庇丹农的船,
正在等船主上船,随后就可起航。
老爷,我已经把咱们的货物搬到了船上。
油、香脂、烈酒,都买齐了。
那条船已经准备就绪,
陆地上吹来的是欢快的顺风。

---

1 当时的公职人员在履行职务时有权取得好处费。

	船员们都已整装待发， 就等船主和我的主人您了。
以安	怎么啦？你疯了吗？你这个唠里唠叨的蠢蛋， 什么埃庇丹农的船在等我？
叙德	您派我去找的船啊。
以安	你这个醉鬼，我叫你去买短鞭。 还告诉过你买鞭子的目的和用处。
叙德	老爷，您到底派我去港口找船， 还是派我去买短鞭？
以安	等我有空了再跟你掰扯这事， 让你听我说话时用心一些。 混蛋，你现在快去找阿德里安娜， 把这钥匙给她，（递过一钥匙）告诉她： 在盖着土耳其花毯的那张桌子里， 放着一袋金币，让她送来。 告诉她我在街上被逮捕了， 要用这钱来保释我。你快走，奴才，快去—— 走吧，官差，我跟你到牢里去等钱。

除叙拉古的德洛米奥外，众人下

| 叙德 | 去找阿德里安娜？那正是我们刚才吃饭的地方。
还有个"可人儿"说我是她的丈夫。
她块头太大了，我可抱不过来。
虽然我一万个不情愿，也得跑一趟，
作为仆人，就必须服从主人的命令。   下 |

第二场 / 第五景

阿德里安娜与露西安娜上

阿德里安娜 啊，露西安娜，他真的把你勾引？
从他的眼睛你有没有真切地感觉到，
他是真心求欢，还是假意挑逗？
他的脸是红是白？是悲是喜？
整个过程中你有没有观察到，
他内心的情感波动在他的脸上起伏？

露西安娜 他首先否认你对他有任何权利要求。

阿德里安娜 他的意思是他对我没有责任。这让我更加悲愁。

露西安娜 然后他发誓说在这里他是个外人。

阿德里安娜 他说的没错，可他已把誓言打破。[1]

露西安娜 然后我劝他回到你身边。

阿德里安娜 他怎么答复？

露西安娜 我恳求他对你眷顾，可他竟求我对他眷顾。

阿德里安娜 他为勾引你，对你说了什么甜言蜜语？

露西安娜 他的话若是真诚的求婚会动人心意，
他先夸我貌美无双，又赞我出语不凡。

阿德里安娜 是你鼓励他那么说了？

露西安娜 请你不要急烦。

阿德里安娜 我不能不烦，也不愿按捺心头的怒火。
我心下虽不忍，但口上定要把他骂唾。

---

1 意为"他现在的作为显然是把这里当成了异乡，可他确实是我的丈夫。"

他弯腰驼背、衰老干瘦；

他满脸病色、身体枯弱、全身丑陋；

他恶毒凶狠、愚蠢呆笨、刻薄残忍；

他身材丑陋，心胸丑毒如鸮。

露西安娜 你何必对这样的男人恋恋不舍？

邪恶的祸患既然已经消失，难道还要悲痛失落？

阿德里安娜 唉，我嘴上虽然这样说，可心里想的却是他的好。

我只希望别人眼里把他看得很糟。

麦鸡远离了自己的窝才会张嘴鸣叫[1]，

我虽口头骂他，心头却把他当成宝。

叙拉古的德洛米奥上，携钥匙紧跑

叙德 到了，去——桌子，钱袋！现在，赶快！

露西安娜 你怎么搞的，喘成这样？

叙德 我跑得太快了。

阿德里安娜 你主子哪儿去了，德洛米奥？他还好吗？

叙德 他坏事儿了，被关进牢里了，那儿比地狱更黑。

抓他的是个穿着耐磨皮号衣的魔鬼，

一排铁扣子把他的硬心肠扣了个严实。

他是个残暴无情的恶魔、妖精；

是只狼，不，是个穿着黄皮衣的恶煞，比狼更凶；

他是个假朋友、抓人的官差，专门发布禁令，

把守着胡同、小道、林中空地，不让人通行；

是条迎头截击猎物的嗅觉灵敏的猎犬，

审判日还没到，他就把那些可怜虫收押入监。

阿德里安娜 啊，小子，出什么事儿了？

1　麦鸡这样做是为了保护巢中的幼鸟。

叙德	我不知道是怎么回事，只知道他被衙役抓走了。
阿德里安娜	啊？他被抓了？告诉我，是谁告他的？
叙德	我不知道是谁告了他，害他被抓，
	我只知道抓他的官差穿着黄皮褂。
	太太，您肯把他桌子里的钱送去赎他吗？
阿德里安娜	去拿钱吧，妹妹。真是奇了怪， 露西安娜下
	他竟然不声不响欠了债。
	你说说，他是违约被抓了吗？
叙德	他没围啥，他们用个很结实的东西绑了他，
	是条链子，是链子。你听到它响了吗？
阿德里安娜	什么响？链子的响声吗？
叙德	不，不。是钟声。我该去了。
	我离开他的时候是两点，现在钟又敲了一点。
阿德里安娜	钟点倒过来了？！我从没有听到过。
叙德	啊，是啊，不论哪个钟点 [1] 碰上了官差，都非得吓回去不可。
阿德里安娜	好像时间欠了债似的。你这想法可真蠢！
叙德	时间是个破落户，他欠的债务是天文数字，永远还不尽。
	而且，他还是个小偷，您难道没听人们讲，
	不管白天黑夜，时间总是偷偷来、偷偷往？
	如果他又欠钱、又偷窃，路遇官差面前挡，
	怎会不每天倒转一小时，夺路而逃没商量？

露西安娜上，携钱袋

阿德里安娜	德洛米奥，钱拿来了，快带去吧。
	立即把你的主子带回来。 德洛米奥携钱袋下

---

1 双关语，暗指"妓女"或"欠债人"。在原文中，hour（钟点）与 whore（妓女）或 ower（欠债人）发音相似。

来吧，妹妹，我满腹疑虑，心情沉重，

真希望一切顺利，又担心纠葛难解。　　　　　　　同下

第三场　　/　　第六景

叙拉古的安提福勒斯上

叙安　　　我一路碰见的人都对我致意问候，

似乎我是他们相识多年的老朋友。

所有人都叫我安提福勒斯，

有人送钱给我，有人请我赴席，

有人感谢我的善心，

有人向我兜售商品。

刚才还有个裁缝把我请进店里，

让我看他专门为我进的真丝，

并且量了我的尺码。

这些一定是魔法给我造成的幻觉，

住在这儿的都是拉普兰[1]的术士。

叙拉古的德洛米奥上，携钱袋

叙德　　　主人，这是您派我去拿的金币。怎么回事？您把那个换了
身新衣服的老亚当[2]打发走啦？

1　拉普兰（Lapland）为地名，据传盛产巫师。
2　指衙役。老亚当是《圣经》中人类始祖亚当在人类堕落后的自称。

叙安	这是什么金币？你说的老亚当又是哪个？
叙德	我说的不是看守伊甸园里的那位亚当，而是看守监狱的亚当。他当初为浪子杀了一头牛，那张牛皮被他当了号衣穿。他刚才又追在您身后，像个恶魔似地逼着您放弃自由。
叙安	我不明白你在说什么。
叙德	不明白？事情很简单嘛：他就像一把装在皮匣子里的大提琴。老爷，那个人在人们劳累了的时候，就叫停他们，让他们站住别动。他对破产者大发慈悲，给他们穿上扯不开的结实衣服。他处理事务时，会用狼牙棒，却会取得比用长矛更可观的功勋。
叙安	哦，你说的是衙役吧？
叙德	对呀，老爷。我说的就是官差。谁要是违反了契约文书，他就让谁承担责任。他总认为人们都该去睡觉了，因为他的口头语是："上帝让你安歇。"
叙安	好啦，小子，我看你的笑话也该歇了。今晚有船出海吗？我们能走了吗？
叙德	哎？老爷，一个小时前我就告诉过您，今晚有一条叫"远征号"的船要出发。然后您就被那官差拦住，等着坐那条叫"拘留号"的小船。这是您派我去请的"天使"。(递给他钱袋)
叙安	这家伙疯了，我也疯了。 我们都在幻境中游荡。 神明把我们从这里救出去吧！

妓女上

妓女	真巧，真巧！安提福勒斯先生。 我看出来了，先生，您已经找到金匠了。 那就是您今天答应给我的项链吧。

叙安	恶魔，快滚！我命令你不要引诱我！
叙德	主人，这位是恶魔夫人吗？
叙安	她就是恶魔！
叙德	不，她更可怕，她是恶魔的老娘。她装成一个光鲜的婊子，所以婊子们都会说"我该死"，那就等于在说，"上帝让我变成了一个光鲜的婊子"。书上写过，她们以光明天使的形象出现在人们面前，光明是火带来的，火会燃烧。因此，光鲜的婊子会燃烧[1]。您要离她远点。
妓女	您的仆人和您一样，真会说笑话，先生。
	您肯跟我一起走吗？我们一起在这儿[2]吃饭。
叙德	主人，如果您听她的，就得吃半流质食物了。或者您得要把长柄勺子。
叙安	德洛米奥，这是为什么？
叙德	哎呀，跟魔鬼一起吃饭就得使长柄勺。[3]
叙安	（对妓女）妖怪，走开！你为什么请我吃饭？
	你和这儿的其他人一样，都是巫师。
	你快快给我走开！
妓女	您把吃午饭时要去的戒指还给我，
	或者，交换一下，您把许诺的项链给我。
	然后我就走，先生，再也不来打扰您。
叙德	有的魔鬼只会要些指甲屑、草杆、头发、一滴血、一枚针、一颗坚果或樱桃核什么的。可她太贪心了，竟然要一根项链。主人，您得头脑清醒。要是给了这个魔鬼项链，

1 双关语，暗指性病和地狱之火。
2 很可能指她的住处。
3 原文 he must have a long spoon that must eat with the devil，为一句英谚。

她会摇晃它来吓唬我们。

妓女　　先生，请您还我戒指，或者给我项链。

您不是在故意骗我吧？

叙安　　你这个巫婆，快滚！走，德洛米奥，咱们走。

叙德　　孔雀说："不要骄傲！"[1] 姑娘，你知道吧。

叙拉古的安提福勒斯与德洛米奥下

妓女　　瞧，安提福勒斯肯定是疯了，

否则他绝不会做出这种举动。

他拿走了我一枚价值四十个金币的戒指，

答应还我一根项链。

可现在两个都不承认，

我想来想去，原因就是他疯了。

除了刚才的这通疯话，

他今天午饭时还讲了一桩疯事。

说什么他家大门紧闭不让他进，

大概是他老婆知道他疯病发作，

故意把他关在了门外。

我现在的办法就是直接找去他家，

告诉他老婆，他发了疯，

闯进我家抢走了我的戒指。

我觉得这个办法最稳妥，

总不能白白损失四十个金币吧。　　　　下

1　孔雀历来是骄傲的象征，所以它没有资格要求别人不要骄傲。德洛米奥说这话是讽刺妓女竟然要求安提福勒斯守信用。

第四场 / 景同前

以弗所的安提福勒斯与一狱卒或衙役上

以安　　　你不用担心，伙计，我不会逃跑，

　　　　　　他说我欠多少钱，我离开之前，

　　　　　　一分都不少，悉数交给你取保。

　　　　　　今天我妻子情绪不好，

　　　　　　不会轻易相信仆人的话，

　　　　　　不信我在以弗所竟然被铐。

　　　　　　这事她一定以为是奇谈怪谣。

以弗所的德洛米奥执短鞭上

　　　　　　我的仆人来了，我想他把钱拿来了。

　　　　　　怎么样，小子，我吩咐你的东西拿来了吗？

以德　　　拿来了。（递过短鞭）我敢保证，这家伙一定叫她们好好

　　　　　　吃一顿！

以安　　　可是，钱呢？

以德　　　哎，老爷，钱花了，买鞭子啦。

以安　　　蠢才！花五百个金币买了一根短鞭？

以德　　　老爷，要有那么多钱，我能买五百根短鞭。

以安　　　我叫你赶回家干什么去了？

以德　　　去买短鞭啊，老爷，我现在买来啦。

以安　　　好，小子，我就用它来欢迎你。（痛打他）

衙役　　　先生，请息怒。

以德　　　不对，你该让我息怒，我才真倒霉！

衙役　　　好啦，你住嘴。

以德	不对，你该先让他住手。
以安	你这婊子养的、没脑子的混蛋！
以德	老爷，我真希望我没脑子，那样就不用感觉您的拳脚了。
以安	你除了挨打，对什么都没感觉！就跟驴子一样！
以德	没错，我是头驴，我的耳朵这么长，这些年您早发现了。我从出生起到现在，一直在服侍他。可我这么辛苦，从他手里得到的，永远都是一顿狠揍。我寒冷透顶的时候，他把我打到浑身发热；我大汗淋漓的时候，他把我打到浑身冰冷；我睡觉的时候，他就打得我醒过来；我坐着的时候，他就打得我站起来；我出门的时候，他就把我打到门外；我回家的时候，他就用痛打迎接我。我的肩上扛着他打下的瘀伤，就像乞丐婆扛着她的孩子。要是他有朝一日打断了我的腿，我就拖着它挨户乞讨。

阿德里安娜、露西安娜、妓女与一名为品契的教师上

以安	好啦，去吧，我老婆从那边过来了。
以德	（对阿德里安娜）太太，送您一句名言："想想你的转变"[1]；或者，允许我鹦鹉学舌似的预言一下："想想那把短鞭"。
以安	你还在废话不休？（痛打德洛米奥）
妓女	（对阿德里安娜）您看，您丈夫不是已经疯了吗？
阿德里安娜	他这么粗野，看来真是疯掉了。 尊敬的品契博士，您是位驱魔师[2]， 请您帮助他恢复理智吧， 您要什么报酬，我都可以答应。
露西安娜	哎呀！他的表情多么狂暴、多么愤怒！

---

1 暗指死亡。"转变"谐音"短鞭"。
2 传统认为，邪魔讲拉丁语。品契博士熟知拉丁语，所以能够驱魔除邪。

妓女	看哪，他疯得都已经浑身发抖了！
品契	（对安提福勒斯）把手给我，让我摸摸你的脉。
以安	（打他）我的手在这儿，让它摸摸你的耳朵！
品契	撒旦，我以天上众圣的名义， 命令你听从我这神圣的咒语， 赶快离开这个人的身体， 快快滚回你那黑暗的地狱！
以安	住嘴！愚蠢的巫师，住嘴！我根本没疯。
阿德里安娜	哦，我希望你没疯，我可怜遭罪的人儿！
以安	你这个荡妇！你……这些都是你的顾客吗？ 今天在我的家里吃喝作乐的 就是这个长着一张黄脸的流氓吧？ 你们紧紧关上那些罪恶之门， 让我有家不能回、有屋不能进！
阿德里安娜	哦，我的夫君！上帝作证，你在家吃的午饭。 你要是待在家里，不出门闲转， 就不会惹上这些碎语闲言，满世界丢脸！
以安	（对德洛米奥）在家吃的午饭？——你来说说，混蛋！
以德	老爷，我实话实说，您没在家吃饭。
以安	我家大门锁了，不让我进去。对不对？
以德	上帝作证，您家锁了大门，不让您进去。
以安	她自己就在门里对我破口大骂。对不对？
以德	这绝不是谎话，她自己就在门里对您大骂。
以安	她的帮厨在门里责骂、奚落、嘲笑我。对不对？
以德	没错。她的厨房灶神[1]确实嘲笑了您。

1　讽刺，指帮厨女佣。此句用典，指罗马维斯塔灶神庙里看管圣火的维斯塔（Vesta）贞女。

以安	我一怒之下，就离开了家。对不对？
以德	一点不错，我身上的骨头可以作证： 它们领受了您的怒火，这会儿还在隐隐作痛。
阿德里安娜	（对品契）他这样满口胡编乱造，您是不是该让他镇静 下来？
品契	（旁白。对阿德里安娜）这没什么可羞耻的。那家伙了解他 主子的情况。 他假装同意他的话，好让他慢慢安静下来。
以安	你买通金匠，把我抓了起来。
阿德里安娜	啊！我给你送了钱保释你。 就是德洛米奥，他匆匆回家拿的钱。
以德	我拿了钱？您可能只是送上了美好祝愿。 主人，我一个钱星儿都没拿过，天地良心！
以安	你没去找她拿那袋金币吗？
阿德里安娜	他找过我，我给了他啦。
露西安娜	我亲眼看见，我姐姐把钱袋给了他。
以德	上帝和卖鞭子的可以替我作证， 我的任务就是买条鞭子。
品契	夫人，那主仆二人都着魔了。 一看他们那死人般惨白的脸，我就明白了。 必须把他们绑起来，关进黑屋子里。
以安	（对阿德里安娜）你说，今天为什么锁门不让我进去？—— （对德洛米奥）你为什么拒不交出那袋金币？
阿德里安娜	亲爱的丈夫，我没有把你锁在门外。
以德	亲爱的主人，我也没拿金币。 但我承认，咱们被锁在门外了。
阿德里安娜	你这个骗子、混蛋！怎么连连说谎？！

以安	你这个骗子、荡妇！怎么谎言连篇？！
	你伙同一群帮凶大搞阴谋诡计，
	让我光天化日下遭受这般奇耻大辱。
	我要用手指甲挖出你虚伪的眼珠，
	叫它们看着我遭受这可耻的愚弄！（恐吓阿德里安娜）

三四人上，要捆住他。他激烈挣扎

阿德里安娜	哎，捆住他！捆住他！别让他靠近我！
品契	再叫几个帮手来，他身上的魔鬼很强大。
阿德里安娜	哎呀，可怜的人，他的脸色多么苍白、没有血色！
以安	啊，你们要杀我吗？——狱卒！
	我是你的囚犯，难道你就看着他们
	从你手里把我劫走吗？
狱卒	诸位，放了他。
	他是我的犯人，你们不能抓他。
品契	把这个人绑了，他也疯了。（众人捆住以弗所的德洛米奥）
阿德里安娜	你要干什么，笨听差？
	你很高兴看着一个可怜的人
	羞辱和伤害他自己吗？
狱卒	他是我的犯人。我要让他跑了，
	他欠的钱就得算到我头上。
阿德里安娜	我离开之前会先和你把欠债结清。
	立刻带我去见他的债主，
	我弄清了欠债有多少，会替他还的。
	尊敬的博士先生，请把他平安送回我家。
	唉，今天真是糟糕透顶！
以安	唉，这个娼妇真是糟糕透顶！
以德	主人，我被绑在这儿，是沾了您的光。

以安	滚开，混蛋！你为什么要气疯我？
以德	你乐意让他们白白绑住你吗？好主人，您就发发疯，大喊"魔鬼！"[1]
露西安娜	上帝保佑这些可怜人吧！他们在说什么疯话？！
阿德里安娜	去把他带走吧。——妹妹，你和我一起去。

品契及众助手抬着以弗所的安提福勒斯与德洛米奥下。

阿德里安娜、露西安娜、狱卒与妓女留场

你说吧，是谁要求把他抓起来的？

狱卒	一个叫安哲鲁的金匠。您认识他吗？
阿德里安娜	我认识这个人。欠他多少钱？
狱卒	二百个金币。
阿德里安娜	为什么欠了他这笔钱？
狱卒	因为您丈夫从他那儿拿过一条项链。
阿德里安娜	他确实说过给我订了条项链，但还没有拿到。
妓女	然而今天您丈夫怒气冲冲， 来到我家抢走了我的戒指。 刚才我看到他手指上带着那个戒指， 之前我看到过他手里有条项链。
阿德里安娜	也许是这样吧。可我从未见过那项链。—— 来吧，狱卒，带我去找那个金匠。 我要了解事情的全部真相。

叙拉古的安提福勒斯与德洛米奥执出鞘长剑上

露西安娜	上帝保佑，他们逃出来了！
阿德里安娜	他们还拔出剑来了！ 咱们快去多叫些人来捆住他们。

---

1 即召唤魔鬼帮忙。

狱卒	快跑！他们会杀了我们。

众人惊恐万分，飞快跑下。
叙拉古的安提福勒斯与德洛米奥留场

叙安	我发现这些巫师都怕剑。
叙德	那个想当您老婆的女巫现在离您而去了。
叙安	你去人马旅店拿咱们的行李。
	我希望我们能平平安安尽快上船。
叙德	说实在的，就算我们今晚住在这儿，他们肯定也不会伤害我们。您瞧，他们跟我们说话时那么友好，还给我们金币。我感觉这里是个很和善的国家，要不是那个疯癫胖婆子非跟我结婚，我真心希望永远待在这儿，变成个巫师呢。
叙安	就算把整个城市给我，我今晚也不会在这儿过夜。
	所以，快去吧，把行李搬上船。　　　　　　　　同下

第 五 幕

第一场 / 第七景

商人乙与金匠安哲鲁上

安哲鲁　　非常抱歉，先生，我耽搁了您的时间。

　　　　　　但我向您发誓，他拿了我的项链。

　　　　　　可他太不诚实，不肯承认。

商人乙　　这个人在城里口碑怎样？

安哲鲁　　先生，他声望非常高，

　　　　　　信誉极好，深受敬爱，

　　　　　　这座城里谁都比不上他。

　　　　　　只消他开口，我随时都愿意把全部家产借给他。

商人乙　　小声点。瞧那边，走过来的那个人好像是他。

叙拉古的安提福勒斯与德洛米奥重上，安提福勒斯戴着项链

安哲鲁　　没错。他脖子上戴的正是那根项链。

　　　　　　刚才他还百般抵赖，拒不承认他拿了呢！

　　　　　　先生，您离我近点。我要跟他说话——

　　　　　　安提福勒斯先生，我实在不懂，

　　　　　　您刚才为什么那般羞辱我，让我难堪。

　　　　　　您言之凿凿说您没拿过这条项链，

　　　　　　可现在又公然带在脖子上，

　　　　　　您就不怕败坏您自己的名声？

　　　　　　您让我赔本、受羞辱、蹲监狱，

　　　　　　还伤害了我这位忠厚的朋友。

	要不是受我们这场纠纷拖累，
	他今天早就扬帆出海了。
	您是从我这儿拿的项链，您还能抵赖吗？
叙安	我是从您手里拿的，我从来没有抵赖过啊。
商人乙	不对，先生，您抵赖了，而且您发誓没有拿过。
叙安	谁听见我抵赖、听到我发誓了？
商人乙	我亲耳听到了。
	你真无耻！混蛋！
	你竟敢出现在正派人住的地方！
叙安	你这么血口喷人，真是个恶棍。
	你要敢跟我较量，我立即就会证明，
	我是个讲信誉、重诚信的人。
商人乙	我怎么不敢？你就是个恶棍！

二人拔剑。阿德里安娜、露西安娜、妓女及其他人上

阿德里安娜	住手！不要伤害他！看在上帝分上，他疯了。
	你们谁靠过去，把他的剑夺下来吧。
	把德洛米奥也绑起来，都带回我家去。
叙德	快跑！主人快跑！老天，找个地方藏起来吧！
	这儿有个尼庵。快进去，否则咱们就遭殃了！

叙拉古的安提福勒斯与德洛米奥逃入尼庵

尼庵住持爱米利娅上

爱米利娅	大家请安静！你们这一大群人到本庵来，有何贵干？
阿德里安娜	我那可怜的丈夫发疯了，我们来这里接他回家。
	请放我们进去吧，让我们把他紧紧捆住，
	带回家去给他治病。
安哲鲁	我早知道他头脑不太清醒。
商人乙	真抱歉，我刚才不该拔剑跟他决斗。

爱米利娅	这个人疯了多长时间了？
阿德里安娜	他一个礼拜以来都情绪低落、闷闷不乐，
	跟以前相比就像完全变了一个人。
	可直到今天下午，
	他才情绪失控、暴怒发疯。
爱米利娅	他是不是遭到海难，损失了财产？
	是不是有好友去世？
	或是有了外遇而心烦意乱？
	这是年轻男人爱犯的通病，
	他们很容易拈花惹草、移情别恋。
	他这么郁郁寡欢，到底为了其中哪般？
阿德里安娜	就是为了您说的最后那件：
	他有了新欢，常常不肯把家还。
爱米利娅	那你就该责备他。
阿德里安娜	是啊，我责备过他了。
爱米利娅	哦，你责备得不够严厉。
阿德里安娜	我已经不顾脸面，把他痛骂无数遍。
爱米利娅	也许你只是私下里骂他？
阿德里安娜	也当着大家的面公开骂过。
爱米利娅	还是骂得不够凶。
阿德里安娜	我们的谈话只有这一个主题。
	在床上，我把他数落得无法入睡；
	在餐桌上，我把他数落得食不甘味。
	就我们俩的时候，这是我唯一的话题；
	有旁人的时候，我经常旁敲侧击。
	我不断告诉他，那是多么肮脏下流的事。
爱米利娅	因为这个，他就发了疯。

妒妇的毒舌恶口，

比疯狗的尖牙更毒辣致命。

可能是你不休的抱怨让他难以入眠，

让他的头脑会出现混乱。

你说用责骂给他佐餐，

吃饭时心神不安会消化不良。

害他高烧发作如烈火般猖狂，

高烧发作和疯狂有什么两样？

你说你的吵闹让他不敢再游手好闲，

可要是不让他称心如意地消遣，

留给他的就只有忧郁沉闷、心灰意懒，

让他沮丧难过、伤心绝望，

如同重大疾患把他感染，

使他心神混乱，无以把生命留恋。

若一日三餐、娱乐消遣、香甜睡眠全被扰乱，

无论是人是兽，哪个能不疯癫？

就是因为你经常妒火腾燃，

你丈夫才吓得灵魂出窍、心智混乱。

露西安娜　即便他行为粗野、放荡、暴烈，

她也只是温和地把他指摘。

（对阿德里安娜）你为何忍受她这些训斥，不去反驳？

阿德里安娜　她确实说到了我的错处。

好人们，快快进去把他抓住。

爱米利娅　不行。谁都不能闯进我的地盘。

阿德里安娜　那就让您的仆人把我丈夫送出来吧。

爱米利娅　　　不行。他到我这儿来避难[1]，

我这尼庵就要保护他，免得落入你手，

直到我帮他恢复理智，

哪怕我费尽心力归于失败。

阿德里安娜　　我要尽妻子的本分，好好服侍我的丈夫，

做他的保姆，帮他治病，解脱他的痛苦。

此事得我自己动手，不能委托他人。

所以请允许我带他回家去。

爱米利娅　　　你可把心放宽。我自有经典验方，

配以灵丹妙药、辅以神圣祈祷，

定能让他恢复健康、完好无伤。

在此之前，谁都不能惊动他。

我出家时已立誓匡世济人，

结缘行善正应我神职所属。

你们去吧，留他在此，我自会处理。

阿德里安娜　　我不会丢下我丈夫不管，一走了之，

您这样强行拆散我们夫妻，

实在有损您的神圣职分。

爱米利娅　　　不要再说了，走吧。他就留在这儿。　　　　　下

露西安娜　　　（对阿德里安娜）她这般无礼，到公爵那里去告她。

阿德里安娜　　好，我们这就去。

我要跪伏在他面前永不起身，

直到我的泪水和恳求打动他御驾亲至尼姑庵，

从住持手里夺回我的夫君。

商人乙　　　　我想现在日晷已经指向五点，

1　旧时罪犯逃入教堂之后，在那里享有避难权，可以暂时不受法律惩罚。

	公爵本人肯定很快就会到来。

他要去尼庵水沟后面的忧伤谷，

去那个执行死刑的死亡之地，

必然要从此处经过。

安哲鲁　　　为什么？

商人乙　　　因为一位年老的叙拉古商人，

不幸误停在了咱们的海湾，

违反了本城的政令法规，

被判当众斩首。公爵要去监斩。

安哲鲁　　　看，他们过来了，咱们可以看行刑了。

露西安娜　　你要趁公爵经过尼庵之前赶紧跪下。

以弗所公爵、光着头 [1] 五花大绑的叙拉古商人伊勤、刽子手及其他衙役上

公爵　　　　我再次当众申明，

若有朋友替他交足赎金，

我们就宽厚仁慈，饶他不死。

阿德里安娜　神圣至尊的公爵陛下！这庵里的住持作恶，请您主持
公道！

公爵　　　　她是个德行高尚的老太太，

不可能对你作恶。

阿德里安娜　启禀陛下，我丈夫安提福勒斯——

当初在您恩准之下，

我带着我的全部财产嫁给了他——

今天不幸突然疯病大发，

带着跟他同样疯癫的奴才，

在街上到处疯跑，

---

1 即准备伏刑。

冒犯了市民们，
闯进他们家里，抢走了他们的戒指、珠宝
以及任何他的疯眼看中的东西。
我曾经让人把他捆住，送回家去，
我自己则去弥补他的过错，
将他所干的坏事一一处理。
可转眼之间，他不知怎么挣脱了看管他的人手
强行逃掉。
还和他那同样发疯的仆人，
怒气冲天地拿着长剑，
遇到我们就疯狂扑来，把我们赶跑。
我们叫来更多帮手，想把他们制服。
可他们逃进了尼庵，
我们一路追到这里。
而住持关上大门，
既不许我们进去抓他，
又不肯交出他来，让我们带走。
所以，至仁至圣的公爵大人，求您下令，
让她交出我的丈夫，我好带他回家治病。

公爵   你丈夫曾跟随我英勇征战，
我作为公爵曾对你承诺，
在你跟他成亲之后，
会尽力给他各种恩宠与关照。
来人哪！去敲开尼庵的大门，
叫住持出来回话。
我处理完这件事再去刑场。

一信差上

信差　　　　　（对阿德里安娜）哦，太太，太太，赶紧逃命吧！
　　　　　　　我家主人和他的跟班都挣脱了绳子，
　　　　　　　把女仆们挨个痛打，还把博士捆了起来，
　　　　　　　拿火把烧掉了他的胡子，
　　　　　　　博士的胡子着火了，
　　　　　　　他们就拿大桶盛满污水浇他扑火。
　　　　　　　我家主人一边对他讲着要忍耐，
　　　　　　　他的跟班一边用剪刀把他的头发剪得像个小丑。
　　　　　　　您要不赶快派人去救那个法师，
　　　　　　　他们主仆两个肯定会弄死他！

阿德里安娜　　住嘴，笨蛋！你的主子和那个奴才就在这尼庵里面，
　　　　　　　你刚才说的是一派胡言！

信差　　　　　太太，我拿性命发誓，我说的句句都是实话，
　　　　　　　我是亲眼所见，连气都顾不上喘就跑来找您。
　　　　　　　他喊叫着要到处找您，发誓说一抓到您，
　　　　　　　就拿火烧您的脸，让您变成丑八怪！
　　　　　　　（幕内呼唤）
　　　　　　　听！听！他来了！太太，快跑！快跑！

公爵　　　　　来，站在我身边，别怕。——卫士们，长戟护卫。

阿德里安娜　　哎呀！是我丈夫！您瞧，
　　　　　　　他能隐起身来到处游走。
　　　　　　　刚才他明明跑进了尼姑庵，
　　　　　　　现在又到了那儿，真是匪夷所思！

以弗所的安提福勒斯与德洛米奥上

以安　　　　　冤枉啊！至仁至圣的公爵陛下！请您主持为我公道！
　　　　　　　请您顾念我当年跟随您南征北战，

一次次挺身而出冒死护卫您，

为了救您，我屡次身负重伤。

哪怕看在我为您流血效力的分上，请为我申冤！

伊勤 若不是因为畏惧死亡我吓得精神错乱，

我分明看见了我的儿子安提福勒斯和德洛米奥！

以安 尊敬的公爵大人！那女人好歹毒，请您主持公道！

承蒙您把她许配给我为妻，

可她竟然用最伤人、最卑劣的手段，

对我百般侮辱，让我蒙羞含恨。

今天她的无耻更是无以复加，

对我犯下的罪恶实在骇人听闻！

公爵 你把今天的事情说清楚，我会为你们主持公道。

以安 陛下明鉴，今天她锁了大门不让我进家，

自己在屋里和一群流氓花天酒地！

公爵 罪大恶极！女人，你果真如此？

阿德里安娜 回禀陛下，绝无此事。事实是：

我自己和他，以及我的妹妹，今天一起吃的午饭。

我要是真做了他所说的事情，愿遭天诛地灭！

露西安娜 我发誓，她的话若有半点儿虚假，

我白天就是睁眼瞎，晚上片刻睡不下。

安哲鲁 噢，这个女人在作伪证！这两个女人满嘴谎话！

她们今天的所作所为，那个疯子说的半句不假！

以安 陛下，我头脑十分清醒，知道我在说什么。

虽然我蒙受的垢辱，足以逼疯更加仁智之士，

可我并不是酒后信口胡言，

也没有怒火中烧丧失理智。

今天中午这女人把我关在门外，不让我回家吃饭，

站在那边的金匠，若不曾跟她同谋共犯，
当可作证，因为他当时就和我一起站在门边。
他后来和我分手，回去拿一条项链，
他答应取了项链就送到豪猪店，
我和鲍尔萨泽就在那里吃饭。
可直到我们吃完，他都没有露面。
我去找他问讯，结果在街上把他遇见，
（指着商人乙）那位先生当时就在他的身边。
哪知这个金匠假誓旦旦，说得我哑口无言，
坚称我今天已收到他的项链，
可是天地良心，那项链的影儿我都不曾看见。
他这般诬赖还嫌不够，竟又把我交给了官差。
我听由官差抓捕，派奴才回家取钱。
可他竟然一个子儿都没有拿到。
我便对官差好言相劝，
劳他大驾，随我一起回家去看。
半路碰见我的妻子、妻妹，还有另外一个同伙。
他们带着一个恶棍，叫什么品契。
他长得尖嘴猴腮、瘦弱不堪，
是个披着人皮的骷髅架子、冒牌郎中，
一个贫困潦倒的算命先生、江湖大骗，
一个眼睛凹陷、目光贪婪的穷酸巫师，
简直就是个活死人。这个用心险恶的小人，
真把自己当成了法师，在那弄鬼装神。
他紧盯着我的眼睛，把着我的脉搏，
他瘦骨嶙峋只剩两眼，大瞪着我，
喊叫说我是鬼上了身、心着了魔。

他们一伙扑上来绑住了我，

抬进我家一个黑暗潮湿的地窖，

我的跟班也被他们丢在那里，捆着手脚。

我用牙齿咬断绳索，

才得以逃脱，把自由重获。

我立即跑到这里面见陛下，

求您为我洗刷污垢、昭雪清白，

尽数把我身负的深冤奇辱除却。

安哲鲁 　陛下，我可以作证，

他确实被锁在了门外，不得进家。

公爵 　他到底有没有从你那儿拿走项链？

安哲鲁 　陛下，他拿了。他跑进这座尼庵时，

这些人都看到了，那条项链就在他脖子上。

商人乙 　（对安提福勒斯）而且，我发誓，我亲耳听到了，

你先是在市场上谎称没拿过项链，

后来又承认你拿走了。

因此我拔剑要与你决斗，

于是你就逃进了这个尼庵，

现在你又用了什么魔法出来了。

以安 　我从未进过这座尼庵，

你也从未拔剑与我决斗，

我也没拿过那条项链。天哪，帮帮我吧！

你们都满口谎言、冤枉我！

公爵 　哎呀，这件案子怎么这么费解？

难道你们都喝了喀耳刻¹的迷药？

如果你们把他赶进了尼庵，他应该就在里面。

如果他疯了，就不会这么清醒地诉说。

（对阿德里安娜）你说他在家里吃的午饭，

可这个金匠又不承认这一点。——

（对德洛米奥）小子，你说说看。

以德	大人，他和她一起在豪猪店吃的午饭。
妓女	没错。那枚戒指是他从我手指上抢走的。
以安	是的，陛下，这就是我从她那里拿走的戒指。
公爵	你看见他进了这座尼庵吗？
妓女	是的，陛下，就像我见到您一样真真切切。
公爵	这可真是怪了。把尼庵住持叫来。

我看你们都精神恍惚了，或者完全疯掉了。

一人下，去带住持

伊勤	威武至尊的公爵陛下，请允许我说句话：
	我恰巧看到一位朋友，
	他能替我交上赎金，救我的性命。
公爵	叙拉古人，你有话就直说吧。
伊勤	先生，你的名字是不是安提福勒斯？
	那个就是你的跟班德洛米奥吧？
以德	先生，一个小时前我确实跟他绊²在一起，
	可是，我非常感谢他咬断了我的绳子，
	我叫德洛米奥，现在还跟着他，却不绊在一起了。

---

1 喀耳刻（Circe）：荷马史诗《奥德赛》（*Odyssey*）中的女巫，她用施了魔法的药水把一群人变成了猪。

2 "绊"字与伊勤话里"跟班"的"班"谐音，同时暗指伊勤还被绑着。——译者附注

伊勤	你们俩肯定都还记得我。
以德	先生，看到您的处境，我们确实记起了我们自己。
	刚才我们也被这样绑着，和您现在一样。
	先生，您不是品契要治的病人吧？
伊勤	你们怎么这么看着我，跟陌生人一样？你们和我很熟的啊。
以安	我这辈子还是第一次见到您哪。
伊勤	哦，自从我们分别以后，悲痛让我变了模样，
	无数忧虑的时刻用时光那摧残成性的手臂，
	在我脸上留下了陌生而丑陋的刻痕。
	你告诉我，难道你听不出我的声音了吗？
以安	听不出来。
伊勤	德洛米奥，你呢？
以德	听不出来，先生，我也听不出来。
伊勤	你肯定听出来了。
以德	唉，先生，我敢肯定，没听出来。不管一个人向您否认了什么，您此时都得不由自主地相信他的话。[1]
伊勤	听不出我的声音？唉，时光之手啊！
	才过了七年时间[2]，
	你竟然让我的嗓音变得这般苍老而沙哑，
	我那唯一的儿子竟已听不出我虚弱的音调？！
	虽然我这张皱纹遍布的脸，
	掩藏在伤耗元气的细密冬雪[3]里，
	虽然我全身的血脉已冰封凝冻，

---

1 "不由自主"是双关，暗指伊勤此时正被捆绑着。
2 此处似有误。第一幕中，伊勤曾自诉五年来到处寻找儿子。——译者附注
3 暗喻，指他的白胡须。

但我这人生的夜幕下 ¹ 还残留着零星记忆，
我这将熄的灯火里 ² 还剩余着零星微光，
我这迟钝的聋耳中还残存着一丝听觉。
所有这些长年的见证都告诉我——我不会认错——
你就是我的儿子安提福勒斯。

以安 我这辈子没见过我父亲。

伊勒 孩子，你知道的，仅仅七年前，
我们在叙拉古分别。可是，我的儿，
你也许是因为我身陷绝境，羞于认我。

以安 公爵和这城里所有认识我的人，
都能证明情况并不是您说的这样。
我从来没有去过叙拉古。

公爵 叙拉古人，我来告诉你，
我做安提福勒斯的保护人已有二十年，
此间他从来没有到过叙拉古。
我看你是年老糊涂、处境危急，乱认了人。

尼庵住持爱米利娅率叙拉古的安提福勒斯与德洛米奥上

爱米利娅 威武至尊的公爵大人，请您看看一个饱受冤屈的人。

众人上前围观

阿德里安娜 我看到了两个丈夫，难道是我看花了眼？

公爵 这两人，一个是另一个的灵魂。
他们哪个是真人？
哪个是灵魂？谁能分辨清？

叙德 大人，我是德洛米奥，您命令他走吧。

---

1 暗喻，指暮年。
2 暗喻，指双眼。

以德	大人，我是德洛米奥，请您让我留下。
叙安	您是伊勤吗？还是他的灵魂？
叙德	哦，我家的老主人，谁把他绑在了这里？
爱米利娅	无论是谁绑了他，我都会给他解开绑绳。
	让一名丈夫获得自由。
	老伊勤，快说，
	你是不是有个妻子叫做爱米利娅，
	她一胎给你生下两个漂亮的儿子？
	哦，你若是那个伊勤，就请快快开口，
	对那个爱米利娅开口讲话。
公爵	啊，这恰正是今天上午那桩事[1]，
	这两个安提福勒斯，两人如此相像，
	这两个德洛米奥，长得一模一样——
	她在他们旁边，紧紧盯着她漂在海上的那根断桅——
	两位老人就是这些孩子的父母，
	他们意外在此重逢！
伊勤	我若不是在做梦，你就是爱米利娅！
	你若真的是她，告诉我另一个儿子在哪儿？
	他当初跟你绑在一根救命桅杆上顺流而下。
爱米利娅	埃庇丹农人救起了我们三人，
	他、我，还有德洛米奥。
	可是，有几个凶恶的科林斯渔夫，
	从他们手里抢走了德洛米奥和我的儿子，
	把我一人留在埃庇丹农人那里。
	他们俩后来下落如何，我一点也不知晓。

---

1 指伊勤在第一幕中所讲的事情。

	我自己出家为尼，命运就如你今日所见。
公爵	安提福勒斯，你最初来自科林斯。
叙安	不是我，大人，我来自叙拉古。
公爵	等等，你们俩分开站，我分不清谁是谁。
以安	最为仁慈的陛下，我来自科林斯。
以德	我和他一起来的。
以安	带我到这儿来的是一位威名赫赫的勇士，
	梅那方公爵[1]，您那远近驰名的伯父。
阿德里安娜	今天中午和我一起吃饭的，是你们哪位？
叙安	是我，尊敬的夫人。
阿德里安娜	你难道不是我的丈夫？
以安	对，他不是。
叙安	我也说过不是，但她却那样称呼我。
	而这位美丽的小姐，她的妹妹，
	一直叫我姐夫。——（对露西安娜）我对你说过的话，
	我希望能有机会变成现实，
	倘若我所见所闻的这一切不是一场梦。
安哲鲁	（指着项链）先生，那项链就是您从我手里拿走的。
叙安	确实是，先生，我不否认。
以安	（对安哲鲁）而你，先生，为这条项链害我被逮捕。
安哲鲁	确实是，先生，我不否认。
阿德里安娜	（对以弗所的安提福勒斯）我把钱给德洛米奥，让他拿去保释你，
	可他却并没有拿过去。
以德	没有，我一分钱也没拿到。

---

1 莎士比亚在别处没有提过此人。马洛（Marlowe）的《帖木儿》（*Tamburlaine*，1587）和格林（Greene）的《梅那方》（*Menaphon*，1589）提到过这个名字。

叙安	（对阿德里安娜）我收到了您送来的这袋金币，
	是我的仆人德洛米奥拿给我的。（拿出钱袋）
	我想我们几次遇到了对方的仆人，
	我被当成了他，而他被当成了我，
	所以闹出了这么多错误。
以安	我要用这些金币来替我父亲交赎金。（递过钱）
公爵	不必了，我已豁免你父亲的死罪。
妓女	（对以弗所的安提福勒斯）先生，我那枚戒指您一定要还
	给我。
以安	好的，拿去吧。（递过戒指）谢谢你的殷勤款待。
爱米利娅	尊贵的公爵陛下，请您屈尊，
	随我们一起进敝庵小坐，
	听我们畅谈别后各自的遭遇。
	聚在此处的诸位，
	都因今天这场误会受到连累，
	请随我们一同进来，
	让我们向各位真诚致歉。
	这三十三年我都像在临盆待产，
	孩子们，直到今日今时，
	才生下你们这对沉重的双胞胎。
	公爵陛下、我的夫君、我的儿子们，
	还有你们这对记录我儿生辰的活日历，
	都来参加盛宴，和我一起庆祝吧，
	多年的悲痛都已过去，今天我们终于欢聚！
公爵	我非常乐意参加这场欢宴。

众人下。德洛米奥兄弟俩与安提福勒斯兄弟俩留场

叙德	（对以弗所的安提福勒斯）主人，我要不要把您的东西从船

上取回来？

以安　德洛米奥，你把我的什么东西放到船上去了？

叙德　老爷，就是您存在人马旅店的那些货物啊。

叙安　他在对我说话。我才是你的主人，德洛米奥。
　　　走，咱们一起去吧。过会儿我们再去拿东西。
　　　去拥抱你的兄弟吧，你们哥俩亲热亲热。

　　　　　　　　　叙拉古的安提福勒斯与以弗所的安提福勒斯下

叙德　你主人家有个胖姑娘，
　　　今天午饭时误把我当成了你，不让我出厨房。
　　　现在她要成为我的嫂子，不是我的老婆了。

以德　我看你是我的镜子，不是我的弟兄。
　　　看见你，我才发觉原来我是个多么漂亮的小伙。
　　　你想进屋去看看他们欢庆吗？

叙德　你走前面，老兄，你是兄长呀。

以德　那真是个难题，咱们怎么解决呢？

叙德　咱俩抽签决定谁当老大吧。现在呢，请你先走。

以德　那可不行。这么办：
　　　既然当年咱们同时来到这世间，
　　　现在就该手挽手、肩并肩，不必再分谁后谁先。

　　　　　　　　　　　　　　　　　　　　　　　　　　同下